U0024418

淘寶 黃金手

卷四 古墓奇珍

羅曉 著

目錄

淘寶
黃金手

第五十六章
探險無底洞

周宣瞧著水池，那種不舒服的感覺越發濃烈起來。
石鐘一滴一滴往下滴著水滴，
水池裏的小魚都游到上面來爭搶那水滴。
周宣瞧了這魚的樣子很奇怪，從沒見過這樣古怪的魚。

周宣和藍山以及李金龍都趕上前，這兒稍寬了些，橫著有接近兩米五。

李飛虎呆呆望著前邊，從腳底下開始到前邊十來米遠的空間，整個就是一片水塘樣子，再無去路。

水面上隱隱有漩渦，顯然水是活的，在流動，而且強光照在水面上，水藍幽幽的，根本就看不清水的深淺。

藍山皺著眉頭瞧著這片水面，李飛虎呆了一陣後，隨即彎腰四下裏尋著，想找一塊石頭什麼的扔進水裏面，看看試不試得到水深度。

可四下裏找了個遍也沒有散落的石塊，連泥土都沒有一粒，整個岩洞全是石頭，而且是連在一起的整塊岩石。岩石壁上倒是有一些凸出來的石筍，從石壁上延伸出來，有的有尺許長，有的只有幾寸。

李飛虎尋了一根尺許長的石筍，右手握住了用力一扳，卻是紋絲不動，呆了呆，他這一扳，一般的石塊也給他扳斷掉了，可這石筍便如鋼鐵鑄澆在上面的一般，絲毫都不曾動一下。

李飛虎平時就是一身蠻力驚人，家裏建房的青磚他也能硬生生扳成兩半，這時受挫，心裏不服氣，伸了左手，兩隻手一起用盡全力來扳那石筍，周宣瞧著他臉都掙得通紅，血氣上湧了，那石筍卻依舊紋絲不動。

李飛虎自然不明白，岩石洞裏的石筍大多是千百萬年來大自然的傑作，是碳酸鈣遇到溶有二氧化碳的水時，反應生成溶解性較大的碳酸氫鈣；溶有碳酸氫鈣的水遇熱或當壓強突然變小時，溶解在水裏的碳酸氫鈣就會分解，重新生成碳酸鈣沉積下來，同時放出二氧化碳。洞頂的水在慢慢向下滲漏時，水中的碳酸氫鈣發生上述反應，有的沉積在洞頂，有的沉積在洞底，日久天長，洞頂的形成鐘乳石，洞底的形成石筍。

據說，石筍和石鐘乳每百年才長高一釐米，長一米，就是一萬年了。

像這樣歷經千萬年一點一滴長出來的東西，那比石頭的硬度強度要高得多了，李飛虎僅憑人力又如何扳得動它？

周宣左手按在岩石壁上，將冰氣運起透入石壁中，往下測了測水深度，冰氣探到七八米處便再也無力下探，而水卻沒到底，不過倒是沒覺察到什麼像在美國那次陰河中遇到的怪獸。

李金龍這時倒是注意了一下周宣，從一開始見面時，李金龍就不曾重視過這個普通的年輕人。因爲他從表面上瞧得出，周宣至少不是很強健的一個人，不像藍山同另外兩個手下那般，一看便知道是身手極爲矯健的高手。

但下洞時，藍山不挑他那兩個身手過硬的手下，卻偏偏選了這個普通的年輕人，那就有些古怪了，從這個時候，李金龍便覺得自己可能對他評估不足。

直到現在李金龍才確定，周宣並不像他表面見到的那樣普通，至少他剛才表現的那份耳力，便夠他們驚訝了。

李金龍從小便練習祖傳的盜墓技巧，身手耳目自然也比尋常人靈敏得多，但他此刻站在這片水面前也不曾聽到水響聲，剛剛還隔了個彎，距離了七八米，隔著厚厚的石洞石壁，周宣便能聽出這兒有水聲，這份聽力又是何等了得？

藍山仔細觀察了一遍水域，確定無路可走後便道：「這個洞無路可走了，我們回去，再走第二個洞。」

四個人從原路返回，然後又進入第二個洞口。不過第二個洞前行到一百多米後，洞裏便慢慢寬敞起來，也少彎道，再前行十多分鐘後，洞裏的橫寬面積已經差不多有六七米寬了，而且很平坦。

周宣忽然感覺到有一種不太舒服的味道，不過沒有袖珍棺材那麼強烈，也沒有那麼噁心，但依然讓他有種很不舒服的感覺！

這是冰氣第二次覺得有不舒服的感覺！

周宣叫道：「慢點！」

走在前面的李飛虎又道：「怎麼？前面又是陰河水路？」

周宣搖搖頭，皺著眉頭沒說話，將強光燈照著前面，慢慢走了過去。

顯現在他們四個人面前的是一個水池子，大約有三十來個平方，寬五米，長六米，因爲洞寬就只有四五米，這個池子的寬度剛好延伸到兩邊的石壁，水池子裏的水略顯淡藍色，水也不深，一眼能看到底。看起來不到一尺的深度，水裏面還有一些小魚在游動。

周宣瞧著水池，那種不舒服的感覺越發濃烈起來，但又沒弄清出自哪裡。瞧了瞧頭頂，石鐘一滴一滴往下滴著水滴，水滴落在水池中，蕩漾起一片一片漣漪，水池裏的小魚都游到上面來爭搶那水滴，彷彿就是扔下的食物一樣。

小魚游到水面上時，周宣便瞧清楚了這魚的樣子很奇怪，從來沒見過這樣古怪的魚。一個圓圓的小腦袋，兩個眼珠子就像兩顆很細粒的豆子，略顯白色，沒有身子，腦袋上直接生出一條兩三寸長的尾巴來，這個樣子就像蝌蚪，也是黑色的，但遠比蝌蚪大得多，張開嘴呼吸喝水的時候，周宣瞧見這怪東西的嘴裏面沒有牙齒，卻有一根紅色的信子一伸一縮的，像蛇嘴裏的蛇信一樣。

可是這東西顯然不是蛇！

在這麼黑暗的地方生存的東西應該是會變異的，就像在美國的天坑陰河底裏那透明魚一樣，長年不見陽光天日，身體都變得透明了，眼睛也退化，基本上是靠著感官去感覺外界的動靜。

李飛虎覺得挺有趣，笑道：「這是什麼怪魚？又像蝌蚪又不像的，蝌蚪長不到這麼大，

長大的時候就變成青蛙和癩蛤蟆了！」

說著，彎腰伸手要到水裏面去抓這小魚。

周宣伸手急道：「別伸到水裏！」話正說時，李飛虎已經把手伸進水池裏面了，當手指觸到水面的那一剎那，似乎騰起了一縷輕煙。

李飛虎慘叫一聲，趕緊把雙手縮回來，只是伸入五六分深水裏的一雙手有如伸進滾開的油鍋一般，一雙手看著便生出一顆顆的水泡，接著水泡破裂，連著皮和爛肉剝落。

李飛虎只是慘呼叫痛，李金龍和藍山都是大驚，李金龍趕緊按著侄子不讓他亂動，一邊撕了身上的衣衫準備給他包紮一下。

周宣伸手一攔，說道：「別動他的手，這水有劇毒，別讓他抓自己身體其他地方，劇毒會傳染！」

周宣說著，把雙手按到李飛虎的肩膀上，把冰氣運起透到李飛虎的雙臂中，冰氣一接觸到李飛虎手中的毒素時，便滯了一滯，當周宣再次準備強運冰氣時，李飛虎忽然忍不住痛，奮力將手一掙，這時候的他，力氣反而比平時更大了幾分，李金龍都沒抓住。

李飛虎把手伸回來，在胸口衣服上一擦，不過不管他怎麼擦，疼痛依舊，而且擦到哪裡，哪裡的體肉肌膚都立即開始腐爛。

李金龍也不禁大驚，趕緊閃開身子，隔了李飛虎幾米遠，悲聲叫道：「飛虎，你別亂抓！」

如果說一開始李飛虎能控制住自己，周宣還有可能把他身體內的劇毒逼出來，雖然爛掉的一雙手可能就此殘廢了，但至少命是能保住的。但他忍不住痛，一雙毒手在自己身上亂抓後，毒素遍佈全身，周宣也救不得他了！

這種毒素雖然烈，但周宣還是感覺得到，比之袖珍棺材裏的毒素弱了很多。這算是一種預警了，從身體裏的難受程度來說，這個毒，周宣還是能制止的。

只是李飛虎沒能控制住自己，再掙扎幾下，李飛虎便無力地軟倒在地，主要是胸口被抓時沾染毒素太多，已經爛出森森白骨，一縷縷腐爛煙霧中，李飛虎的身軀便只剩下一顆人頭，瞪大著眼，嘴張著，還微微顫動，便彷彿一條魚給放在乾地上那嘴顫顫微動的樣子。

而他的身子，從頭到腳，都只剩下一副骨架！

李金龍盜墓幾十年，驚神疑鬼的事多了，但都沒有真正出過事，這一次，親眼見著親侄兒在眼前化成只剩一個人頭的骨架，那種驚悸和痛苦當真是太過震撼！

藍山在執行任務時，遇過無數的驚惡凶險，但也從未見過如此離奇的事情，一時驚得張口結舌！

只有周宣，反倒是他這個最普通的人沒有什麼驚詫，因為他曾見過更凶險更危急的事。

在天坑陰河中，那些怪獸的惡毒絕對要兇狠過這種毒。

畢竟中毒的只有李飛虎一個人，防備後起碼不會危害到旁邊的人，但那些怪獸可就不同了，只要你還處身在那個環境中，所有人的生命都處在危險中。

呆怔了一陣後，藍山省悟過來，瞧瞧李金龍。

李金龍臉上儘是哀傷的神色，一雙手伸著，難以形容。

藍山嘆息著道：「老李，別想了，你侄子也去了，再痛人死也不能復生。再說，我們的準備也不夠充分，或者說是沒有想到會有這樣的危險吧，還是回去準備後再下來。」

李金龍嘴唇有些哆嗦，伸手想把李飛虎的骨架帶走，但又知道骨架上仍然有劇毒存在，無計可施。

周宣伸手把李金龍拉開，往後走開幾步，勸道：「老李，你侄子現在全身都是劇毒，也不能動，我們回去準備充分後，會想到法子的，再下來就可以把他的骨軀帶回去。現在，你還是先跟我們走吧，這些洞裏處處危機，沒有準備是不成的！」

李金龍是個闖蕩江湖幾十年的老鬼，哪有不明白事理的？本來這次跟藍山的合作，他是覺得有好處才幹的，畢竟，幹了這麼多年，又有哪一次是像現在這次這樣，明目張膽、大大方方公然跟員警一起幹的？原想借著這次機會好好幹一筆，既能幫藍山做好事，又能為自己發財，有了足夠養老終生的本錢後，就洗手不幹了。

可是沒想到，自己最看重的親侄兒就這麼去了。

李權雖然也是他親侄子，但能力和忠心就比李飛虎差遠了。像這次被警察抓後，藍山幾乎沒費什麼力就把他的嘴掏了個乾淨，而侄婿王大貴呢，雖然是親侄婿，到底還是隔了一層，以後自己的一身技術和老祖宗傳下來的本事，本來是要交給飛虎的，所以自己這次先把他帶下來，就是想讓他多長些經驗，卻沒想到自己竟然害了他。

藍山在前，李金龍跟周宣在後，三個人從毒水池口退出來，又回到天坑洞底的位置。

藍山替李金龍鎖好安全扣，扣在鋼絲繩上後，按動他腰間的小轉動輪開關，輪子轉動，將他往洞頂的方向升上去。

四條鋼絲繩，現在只有三個人用了，藍山嘆了口氣，沒有說話，跟周宣一起把安全扣鎖上，然後倆人一前一後往洞頂升去。

下來的時候不敢太快，還要注意下方的物事，花費了將近三個小時，上去的時間反而快了近二十分鐘，只花了兩個半個小時就上到了洞頂。

周宣是最後一個上到洞頂的，一到洞頂，便瞧見傅盈和魏海洪倆人都在洞口邊焦急地望著，見到他時，眾人臉上都是一喜，隨即又都伸出手來。

周宣鬆開握著鋼絲的雙手，伸出去與傅盈和魏海洪倆人拉住手，兩個人同時用力把他拉

上洞頂。

傅盈拖著他離開洞邊幾米處，然後渾然不顧地一下子摟住他。

周宣心裏又憐又痛地摟著傅盈，如果是四個人都好端端地上來了，那自然心情又是不同，但現在死了一個人，下去四個人，回來三個人，心裏又如何高興得起來？

而且這次跟在美國那次又不同，那次下水的人中有伊藤這樣的人在一起，各懷鬼胎的，這次下去的人卻是不存在那樣想法的。

李金龍上來後，一句話沒說，神情呆滯。李權和王大貴不約而同地問：

「三叔，我弟呢？」

「三叔，小舅呢？」

李金龍喃喃道：「沒了……你弟沒了。」

山上洞口邊的這些人幾乎都知道在洞底出事了，但李金龍不說，藍山和周宣就更不會說了。

藍山解掉身上的安全鎖扣，然後指揮著李勇和方建軍：

「你們兩個，和凌慧一起來的幾個員警在這裏輪值，不得讓任何人進到洞裏去，有什麼事直接跟我電話聯繫。」然後又吩咐凌慧：「你跟我們回去，再給吳局長打個電話，讓他派多一些警力，把小陽山的周邊加強守住，沒有我的命令，任何人不准進出！」

凌慧應了聲，馬上給吳局長打了專線電話。

安排完要做的事後，藍山又帶了眾人往洛陽回撤，分兩輛車走了。

在車上時，藍山吩咐凌慧：

「你給吳局長打電話，讓他馬上聯繫國內最有名氣的古生物學家和歷史學家，特別是對商周時期古文化古字有極高深造詣的學者專家，我需要這方面的頂尖人手！」

回到洛城酒店後，周宣、傅盈、魏海洪、魏曉晴幾個人各自在房間裏休息，對下洞裏的事，大家都已猜到是遇到了什麼意外，但知情的三個人，周宣、藍山、李金龍這三個人關於洞裏的事，卻是一句話都不說。

藍山回來就跟凌慧到局裏去了，很多事急需要弄清楚，要辦理。

李金龍和李權、王大貴三個人返家後，又趕到酒店來。周宣原以為李金龍不會再下那個洞了，卻不曾想到他回去提了幾個包，又急急趕到酒店來會合。

藍山很晚才回來，大家都睡了，直到第二天早上才把眾人叫到房間裏來。

李金龍的神情恢復正常了很多，藍山瞧了瞧坐了一圈的人，才沉著聲音道：

「我們再次入洞必須要妥善準備，現在吳局長請來的兩個教授，一個在路上，估計中午會到，另一個已經在翻譯那幾片麻布上的古字，可能要花點時間，我們得等一下，弄清了麻布上的字意後，對我們是有很大的幫助的。」

藍山說著，瞧瞧李金龍，猶豫道：「還有，老李，你……」

李金龍斷然道：「我沒事，侄子沒了我也會去，李家幾十輩人，幾千年來都在追尋這個秘密，如今有線索了，我怎麼會不去？再說，飛虎遺骨還在裏面，無論如何，我也要把他帶回來！」

藍山瞧李金龍也稍爲平靜鎭定了，就沒再說什麼，換了自己，那是更要去的。

接下來，周宣回房跟傅盈說了一會兒話。

傅盈問道：「周宣，昨天晚上看你很累，也就沒問你，現在我問你，昨天你們下洞後，究竟遇到了什麼？李飛虎是怎麼死的？」

周宣沉吟了一下，說道：「很古怪的一種東西，像魚又像蝌蚪，有劇毒，在一個小水池裏面，那水都是劇毒的，李飛虎只是把手伸進那水池裏一點點，結果就在極短的時間被腐化得只剩下白骨！」

傅盈聽得臉色煞白，伸手將周宣的手抓得緊緊的，咬著嘴唇怔了一會兒才道：「我再也不會讓你一個人下去了，今後無論要到哪裡，我們都要在一起！」

周宣嘆息了一聲，握著傅盈柔軟的手，卻又不知道如何安慰她。

中午一點鐘的時候，凌慧在機場把楊光楊教授接到酒店裏來了。

在藍山的房間裏，藍山又把周宣、李金龍叫過來一起，只有他們三個人見過那東西，三個人在一起說得更清楚。

楊光今年五十一歲，是國內最有名的古生物學家之一，聽了藍山等三個人的介紹後，把自己帶來的電腦打開，然後打開一個檔案夾，把裏面的幾個圖調出來，把顯示螢幕轉過來對著他們三個人，問道：

「你們看看，你們見到的東西比較像哪一種？」

顯示螢幕上一共有十二幅圖片，圖片裏都是一些石頭表面上顯現出來的生物化石，都只有幾寸長，有的像蚯蚓，有的像泥鰍，有的像蝌蚪。

周宣一眼便瞧出圖片裏的第二排中三張圖片裏的東西，就跟那水池裏的怪魚一個樣，藍山和李金龍也都認出來，三個人的手都指著那幾幅圖片。

楊教授的臉色，頓時又是興奮又是驚訝，說道：「真的完全一樣嗎？要真是一樣的話，那就是一件令世界震驚的大發現啊。」

說著，楊教授又指著電腦裏的圖片說：

「這東西叫煸。在古代傳說中，螭是一種沒有角的龍，而這個古生物卻不是傳說中那種螭，而是生活在距今一千六百萬年前的古生物，而且牠還不是一般的古生物，牠生活環境很奇特，是在極深層的岩石洞中，靠吸取石鐘乳的微生物水分為生，而牠吸食的水分再吐出

來，那水分就是一種極強烈的腐酸性物質，其腐蝕性超過現在最強的王水一百倍，如果有生物沾到了這種水分，那就會在極短的時間裏被強酸腐蝕成一堆白骨！」

果然是這個東西！

楊教授還在懷疑當中，李金龍卻是肯定地道：「那就是這個東西了，我侄子只是把手沾到一點點那小水池中的水，結果只有短短的一分來鐘，就化成了一堆骨頭！」

楊光還真有些怔住了，起初是官方的邀請，只說需要他來現場研究，現在聽藍山幾個人詳細說過後，又覺得不太可信，畢竟眾人說的是已經絕跡了千萬年以前的物種，就跟恐龍一樣，能找到的，應該就只有化石和電影中的電腦特技鏡頭了。

不過最終確認，還得等吳局長秘密請到的另一個歷史古文類的秦曾教授的結論出來後，才可以。

一直到當天的深夜，秦教授才把李金龍先祖李奉那些麻布片上的字全部翻譯過來。

藍山不容遲緩，派了凌慧把秦教授接到酒店裏來。這次，藍山倒是把全部人都通知過來，聽秦教授翻譯過來的內容。

秦教授跟楊教授的年齡差不多，兩個人研究的類型不同，但性格倒是沒什麼區別，都一樣沉悶。

秦教授把麻布片交回給藍山，然後拿著翻譯出來的文件紙念了一遍，很繞口，比「之乎者也」的古文更難聽懂。

瞧著一房間的人都莫名其妙的，秦教授這才又用白話的意思解釋了一遍，大體上是子湯年間，李奉受王命，與天下間的建築好手共三千名以及工人一萬名，修建子湯王先祖陵墓，陵墓是在掘地深千米的地下層，卻又碰巧掘到一個龐大的地下天然洞窟，於是李奉便跟三千工匠好手，以這地下洞窟為原型，建成九曲十八窟的地下陵墓宮殿，其間機關無窮無盡。

李奉在陵墓欲成之際，發現了子湯王命大將運來的並不是子湯王的先祖遺體，而是成千上萬的死人屍體，又把無數的珍寶古玩運到地下宮中，然後就把陵墓封了起來，他們三千好手以及一萬名工人都給強行活埋在陵墓中。

李奉是建陵的主要負責人，憑著對機關的熟悉，闖到陵墓中心偷取了幾件可能是最珍貴的寶物，但陵墓已經被封，上面一層一層全是埋葬的死人屍體，深達千米，無論如何也出不去，只能在陵墓中的天然地下洞窟裏亂闖，看看能不能找到出路，卻不曾想真讓他找到了一個洞。

但出口處又是深達千米的深坑，也無法出去，還沒等想到什麼法子，李奉便發覺自己身中劇毒，這毒是如何中的也不清楚，但很猛烈，最後，李奉只來得及在秘製的麻布上寫下了這些經過，然後便毒發而死。

聽到這裏，周宣和藍山倆人基本上可以明白，李奉其實中的便是那袖珍棺材的毒，十二

個小時必然毒發而死。

李金龍卻不知道這回事，他只知道先祖傳下來的寶藏說法是真的，而且現在還真找到了。

周宣和藍山卻在思索著，那天外異石的事看來也是真的了。必須把這事完全解決掉，否則以後也許就會出現大問題，引發全球恐慌。

聽了秦教授的翻譯，李金龍有些發怔，問道：「秦教授，那些字上面有沒有提到九曲十八窟的建築之類的東西？」

秦教授搖搖頭道：「沒有，就是這些。」

藍山沉吟了一會兒，然後抬頭道：「大家都回房間裏休息。明天一早動身到小陽山，再次下去。」

看著眾人起身，藍山又道：「大家把準備的東西都準備好……凌慧，你留下！」

等眾人都出去後，凌慧才問道：「首長，還有什麼吩咐嗎？」

「吳局長那兒，我們要的東西都準備齊全了吧？你通知一下，明天早上九點，安排人運到小陽山等候。」

凌慧點點頭回答：「都準備齊全了。我馬上打電話回去，讓他們明天一早就運到小陽山等候著。」

「好！」藍山說了聲，然後擺擺手。「凌慧，你也回房早些休息，明天早點起身把事情辦好，不能出差錯，還要注意小陽山守衛的警員們，用說得過去的理由來給外界一個解釋吧。我們的事，一定要保密。」

周宣回房間後，傅盈、魏海洪、魏曉晴都在，傅盈是不用說了，肯定會跟著周宣一齊下洞。

魏海洪笑笑說：「兄弟，來的這兩天，我一直沉默著，明兒個，我跟你一起進洞去。」

「我也下去。」魏曉晴也湊過來說著。

周宣頓時沒好氣地說道：「你也下去？你以爲是辦家家玩啊？大小姐，裏面很危險，不是去玩的！」

周宣頓了頓又道：「洪哥，你也不要去了，我會小心的，我想還沒有什麼大的危險，再說，明天下洞的人又多，人多也有照應。」

魏海洪搖搖頭，笑說：「兄弟，傅盈下去你都覺得可以，老哥我就不行了？呵呵，一起去吧，不是說，兄弟齊心，其利斷金麼？再說，我也得看著你一些，有我在，藍山的人對你也會好些。這事就不用再商量了，明早一起動身，休息吧。」

傅盈知道周宣這次不會丟下她一個人下洞，心裏甜蜜蜜地回房去睡了，休息好才有精

神，才有體力。

周宣獨自躺在床上運起冰氣運轉周身，得趕緊把自己的丹丸冰氣恢復好，越危急的環境中，自己的冰氣就越能夠救命，而這樣的事，他也已經經歷過好幾回了，不容置疑自己異能冰氣的能力。

在身體中一遍又一遍地運行過後，周宣感覺到體內的丹丸冰氣越來越純，全身也覺得越來越舒暢，待到冰氣達到圓滿而自動進入左手裏的時候，周宣迷迷濛濛進入夢鄉。

早上醒來後，周宣運了運冰氣，只覺得全身舒坦，冰氣已經恢復到了最佳狀態！但卻也對那袖珍棺材裏的死亡氣息感到忌憚，這麼一次就讓他覺得再也不想面對這玩意兒。這一次讓他嘔吐得連膽汁都吐了出來，昏迷了一夜，冰氣也用了好幾天才完全恢復！

洗漱後出了房間，這才發覺傅盈跟其他人都已經早早起身了。藍山早叫酒店餐廳部準備好了早餐，大家簡單吃過早餐就出發了。

凌慧也準備好了兩輛小巴士，一行十數人帶上行李，分乘兩輛車出了洛城大酒店，然後上了連霍高速。

往東二十分鐘後進入偃師境內，再不到十分鐘就到了小陽山。

小陽山附近五百米內都有吳局長安排的便衣嚴密守著。山洞口也有七八個員警守著，李勇和方建軍也守在這兒，其中還有五六個人是吳局長派來送工具器械的。

這次局裏送過來的鋼絲滑輪有二十個，足夠多了，有些是用來作備用的，以免到急需的時候沒有，因爲這個洞口太窄，不可能用大型的器械和工具。

下去的人各自準備著，這回人員就多得多了。魏海洪、李勇、方建軍、周宣、傅盈、魏曉晴、王強、王勝、李金龍、李權、王大貴、秦教授、楊教授，加上藍山和兩名局裏挑選的特警，一共是十六個人。凌慧被藍山留在了洞口上面。

魏海洪本來是不讓魏曉晴去的，但她向魏海洪做了保證，表示絕對會聽從他的吩咐，魏海洪也就答應了，想著帶她去瞧瞧也好。因爲她沒有經歷過周宣所經歷過的事情，所以想像不到什麼是凶險。

到這時候，周宣才知道魏曉晴真的也要下去，就對魏海洪說道：「洪哥，我看曉晴就別下去了吧，女孩子不要經歷這些，不是什麼好事。」

「憑什麼你就不讓我去？」魏曉晴一聽就有些氣，哼哼道：「你要我不去也可以，你不是瞧不起我們女孩子嗎，你只要說傅盈也不去，那我就不去，怎麼樣？」

這當然不行，傅盈又如何能不去？周宣一時語塞！

其實傅盈要下去，一是她絕不會放周宣再單獨涉入危險境地，二是她雖然是女孩子，但身手卻遠比一般的男子要好得多，周宣才答應的。

周宣無法說出洞底下那些未知的凶險，按照他在美國遇到的那些險境，又從昨天那水池中奇怪的魚身上便能想像得到，後面的路程絕不會輕鬆。但這些都無法說出來，嘆了嘆，只得作罷。

第五十七章
劇毒怪魚

長長的夾子沾到魚和池子中的水時，
金屬部分觸到的地方，便騰騰冒出一縷淡淡的紫色煙霧。
楊光眼都不敢眨一下，夾著那魚小心放進透明罐子中。
才夾兩條，那金屬鏈夾便被腐蝕了一個缺口。

十六個人各自穿戴好器具，又背上背包，鎖上鋼絲安全扣。李金龍最先，因爲他昨天下去過，至少前面一段路程他是熟悉的，所以一馬當先排在最前面。

接下來，眾人一個一個挨著下去，魏海洪、魏曉晴、傅盈和周宣排在最後，周宣給魏海洪和魏曉晴一一幫忙鎖上安全扣，魏海洪在前，魏曉晴在後，慢慢探著身往洞裏下去。

周宣跟在後面，最後一個是傅盈，傅盈對攀爬洞穴並不陌生，加上身手本來就很矯健，這樣的事算是小菜。只有魏海洪和魏曉晴沒有經歷過這樣的事，行動自然要慢一些。

特別是魏曉晴，又是興奮又是害怕，覺得很刺激，不過前後上上下下的都是人，害怕的心思就少了很多，刺激和興奮的心態反而強了不少，下到兩三百米處後，動作就純熟了些，也快了起來。

當最後的傅盈也下到洞底的時候，十六個人總共花的時間是四十七分鐘，還不算慢。

當所有人全部進入到那十八個小洞口處的大洞裏時，第一次下來的人不禁都好奇地四下裏打量著，看著這個洞，忍不住驚嘆大自然的鬼斧神工。

在洞裡，連小聲地說著話都會引起一陣陣連綿不絕的回音，魏曉晴要不是看人多，還真有些害怕。

傅盈一直跟周宣緊緊拉著手走在一起，一步也不分開。

因爲還沒有決定走哪條洞口，李金龍便要求要先把侄子李飛虎的屍骨弄回來，放到大洞這兒，回來的時候好方便帶出洞去。

楊光教授則要先去瞧瞧那種古生物，藍山想了想，乾脆讓其他人先在這兒等著，他跟李金龍、周宣、楊教授、王大貴五個人一起先到那個水池邊，把李飛虎的屍骨收拾好弄回來。

傅盈不肯鬆手，周宣笑了笑，拉著她一齊走在後面。

進的還是那第二個洞口，李金龍熟手熟路，走在最前面，楊光教授第二，王大貴第三，藍山第四，傅盈和周宣在最後。

這回沒有任何猶豫，直接便到了那個水池邊。李飛虎的人頭依然在池子邊上，下身就是一具白骨，看起來陰森森的，煞是嚇人！

李金龍跟王大貴倆人沉著臉，從背包裏拿出特製防腐蝕的袋子，包好李飛虎的頭和白骨，然後放進袋子中。

楊光一到水池邊就被吸引住了，絲毫不理眾人，將強光燈放在池子邊上，然後拿出器具來，是一條長長的金屬鏈夾，有兩尺左右，還有一個透明的罐子，顯然不是純玻璃的。

楊光拿著那長長的夾子伸到水池中去夾那黑色的小怪魚，這些魚想必是根本就沒遇到過危險，又是一直生活在這寂靜的地下洞府中，行動極是緩慢，當楊光的夾子夾在身上時，才搖頭搖尾動了幾下。

強光照在水池中，長長的夾子沾到魚和池子中的水時，金屬部分觸到的地方，便騰騰冒出一縷淡淡的紫色煙霧。

楊光眼都不敢眨一下，夾著那魚小心放進透明罐子中，然後又夾了一條。才夾兩條，那金屬鏈夾便被腐蝕了一個缺口。

兩條魚在沒有水的罐子中彈動，楊光趕緊又從背包裏取了一支長把的金屬勺子，這個東西就是普通的湯勺了。

楊光拿著勺子在水池裏盛了水，然後倒進罐子裏面，這個過程說起來簡單，但楊光卻搞得滿頭大汗，因爲不敢將水滴落在瓶子邊上，否則沾到身上，那可就是大問題了。

水只裝到三分之一的樣子，那勺子便噹的一聲斷裂，落入水池中，傅盈瞧見那勺子在水池中漸漸溶化掉。雖然是說漸漸，但這個時間卻並不是很慢，肉眼都瞧得很清楚，大約也就一分多鐘的樣子，到最後，勺子的影子都不見了。

傅盈不禁吸了口涼氣，詫道：「這水好強的腐蝕性，真是想不通，這個水有這麼強的腐蝕性，那些魚爲什麼就不會被水溶化掉呢？」

楊光扔掉了手裏剩下半截的把子，拿了蓋子將罐子蓋好，扭緊，然後又拿了塑膠袋將罐子密封好，這才將罐子裝進背包裏。

把罐子裝好後，楊光背起了背包，伸手抹了一把汗水，這才笑笑說：

「小姐，這個強酸劇毒確實很厲害，超過王水一百倍的腐蝕性，不過，這個道理也不難懂！」

楊光瞧著傅盈笑笑說：

「蛇，你知道吧，蛇身裏也有劇毒，可牠爲什麼不會被毒死呢？世界上有很多身體裏自身帶有劇毒的動物，牠們都能活得好好的，那是爲什麼？呵呵，這就是一個同樣的道理，因爲這個水池中的毒，都是這種生物口中吐出來的，所以肯定是毒不了牠自己。」

周宣將左手按在岩石壁上，把冰氣運起，透過石壁往水池對面傳過去，水池約有五六米，冰氣傳過去後再前進三四米，便進入洞穴的彎道中，眼睛是看不見了，但周宣腦子中卻清清楚楚的見到，彎道前面仍然還是黑森森的洞口，不知道有多深，冰氣盡了全力，也只傳到十四五米左右。

周宣收回了冰氣，心裏有些心喜，看來昨晚的練習，冰氣不僅完全恢復了，而且似乎還略有進境，傳出去的距離也遠了兩三米，看來每次損耗到盡頭後再恢復過來的冰氣都會有進展，這似乎就跟一個小孩子一樣，每次用完力氣後，第二次恢復過的力氣就會增長一些，因爲體力恢復的同時，他的身體也在暗自長大，力氣也自然在略略增大，只是這個程度他自己不能覺察而已。

李金龍提著侄子李飛虎的遺骨，楊光背著背包，五個人準備往回走，周宣拉著傅盈的手轉了身。傅盈獨自望了一眼那個水池，心裏禁不住的想著：這個水池中的劇毒魚會是唯一的危險嗎？

第二個洞裏有那個水池存在，阻擋了去路，基本上也算是不通了。不過十八個洞還剩下十六個洞，如果這樣一條一條試探，那得費多少時間？

又比如其中一條不通的山洞，卻很深很遠，需要花費很多時間，但到了之後才發現此洞不通，得倒回來再查探下一條，那花費的時間就更長了。

藍山立時便想到這個問題，李金龍也想到了，倒是先開了口：

「藍山，其實我們有這麼多人，不如分開幾路，各自分頭探洞，這樣能減少許多時間。」

藍山也有這樣的意思，但又有些猶豫。

周宣當即道：「不好！」

「爲什麼，這樣不是能節省時間嗎？」李金龍有些不解，在他看來，這樣一個洞一個洞探下去，太費時間了。

「我想這個問題，老李，其實你應該明白。」周宣嘆息了一下，說道：「你想，下面的路程絕不會是輕鬆的。我敢肯定，像這個劇毒水池，絕不是唯一的危險。還有，你那個先祖留下的那個機關圖，想必也是機關重重，如此的險惡環境中，不知道前方等待我們的還有多少危機險境，而我們的人員並不足以分開來行事，如果遇到危險，比較懂這一行的人又不能集合在一起，那反而不容易度過難關。」

周宣說著，看了看外邊那下來的洞底處，又淡淡道：「雖然會費時慢一些，但安全第一。你們想想，我們的退路並不用擔心，外面出口處是我們的人，後勤跟得上，就算損耗個十天半個月的也沒什麼，只要大家能安安全全的，那比什麼都強。」

李金龍怔了怔，隨即一笑。是啊，他倒是沒想到這個問題，以前盜墓幹活兒，都是要避人眼目，二是要趕時間，那時候，最大的危險便是被公安發現，而現在是跟警方合作，所以根本就不用考慮後路。

藍山聽了周宣的意思後，也果斷點了點頭，說道：「那好，集中優勢力量也是個好方法。」當即吩咐眾人收拾好東西進第三個洞口。

周宣拉著傅盈搶在了最前邊。他有冰氣異能，又能探測到十四五米以外的距離，十米之外的危險他首先能覺察到，走在前面對大家都好。

當然，別的人並不明白，除了傅盈。傅盈雖然不明白周宣身上到底有什麼奇異之處，但知道他有一些令人驚奇的能力。

魏曉晴雖然對這個又黑又深的洞感到害怕，但好在人多，混在一大群人中間，害怕的心也淡了許多，瞧周宣和傅盈走在了最前面，趕緊上前去跟在他兩個身後，魏海洪也幾步走上前跟在她旁邊。

要不是周宣在最前面，魏海洪自然不會讓魏曉晴走在前邊，但他對周宣是絕對的信任，而且也知道這個兄弟很特殊，曉晴在他身邊其實反而是最安全的，所以也沒有出聲制止。

周宣一手拉著傅盈，一手提著強光燈照著前面，一面將冰氣運起，傳到前方探路。冰氣探到了十五米左右，前行了約二十分鐘，前面又是個彎道，洞口也略爲寬了些，周宣腦子中忽然又見到了一幅熟悉的畫面，趕緊道：

「慢著！」

傅盈跟著停了下來，後面的魏曉晴也是一怔，趕緊停了步子，接下來，所有的人都停下來。

周宣停了一下，腦子裏清清楚楚見到了彎道後面洞裏的景象。那是剛剛第二個洞口裏的那個劇毒水池。

但爲了不引起其他人的疑心，周宣還是提著燈慢慢再往前行，轉過彎道處，燈光照射到前面，跟開始見到的模樣是一樣的，只不過是換了個方向，開始是在對面，而現在是另一邊。

「不就是個小水池嗎，有什麼好怕的，好像還有魚吧？」李權邊瞧著邊往前走。

李金龍趕緊一把拉住了他。

李權還不明白是什麼事，藍山瞧了出來，叫道：「大家小心，不要上前，不要沾到水池中的水，有劇毒！」

李勇也在前邊，很是奇怪地問道：「都還有魚在裏面，怎麼會有劇毒？有毒的話，魚也要被毒死了吧？」

楊光嘆了嘆，搖了搖頭道：「很毒很毒，是一種你們都想像不到的劇毒，退回去吧，對面就是第二個洞，這兩個洞是相連的，通不到別的地方。」

李勇和方建軍、王強、王勝，還有那兩名特警都是很奇怪，尤其是李勇和方建軍，倆人都是槍林彈雨裏過來的，執行過無數血腥任務，殺人殺生對他們來說都不算什麼，基本上也沒什麼能嚇到他們，而常識也告訴他們，有活物存在的水域裏，應該是沒有毒的。

藍山沉聲道：「你們別動。」說著走上前，從腿上抽出一把匕首，往前面的水池一扔，這一扔有些巧勁，幾乎沒濺起什麼水花水滴。

眾人瞧著那匕首在水面上蕩了蕩，因爲刀柄處是木質的，遇到水池中的水時，立即騰起一縷縷紫色的煙霧來，很快，木柄便腐蝕了個乾淨，接著，那鋼質的匕首在水中斷爲兩截，在眾人的目光注視中，那精鋼匕首在短短一兩分鐘內溶化得乾乾淨淨！

瞧著的眾人臉上都不禁變了色！

這些人中，只有藍山、李金龍、王大貴、楊光、傅盈和周宣早在前面見識過，還有一個李飛虎，不過早給這劇毒水溶化了。

魏曉晴更是嚇得心裏怦怦跳，不自禁地在背後扯著周宣的衣服。周宣回頭瞧了瞧她煞白的臉蛋，心道讓她知道害怕倒是好事，免得在後面又惹出禍事來，最好就是跟在自己背後。

再次回到大洞處後，來來去去的幾趟也費了兩個小時，加上下洞時也耗了近一個小時，洞裏雖然是黑洞洞的，但外面卻正是午時十二點，太陽火熱。

大家也都有些餓了，藍山揮了揮手，說道：「大家坐下來休息一下，吃點東西喝點水，補充一下體力，然後再走第四個洞。」

每個人的背包裏都有足夠三天的食物和飲水，而且外面還有人守在洞上面，隨時可以讓上面的人跟進後勤，沒什麼擔憂的。

只是走了幾個小時的山洞，轉來轉去也就是一個相通的連環洞而已，水池雖毒，卻也沒有人涉險，沒有什麼驚奇和驚險的事發生。

大部分人都開始鬆弛下來，想想，可能也就是一個洞洞相連的地下洞而已，沒有什麼值得大驚小怪的。

所有人中，只有李金龍、藍山、周宣、楊光教授這四個人知道事情絕不會是這麼的簡單。這只不過才剛剛開始，他們甚至可能連真正的入口都還沒找到，在後面危險還多著呢。

吃了點濃縮壓製的食物，又喝了些水，就沒有人想再吃下去了。吃完又休息了十分鐘，藍山便站起身道：「大家收拾好自己的用品，準備動身。」

周宣依然走在最前面，傅盈還是與他手牽手。

這一回，魏海洪倒是催了魏曉晴走在前邊跟著周宣。他心裏十分肯定，只有跟在周宣身邊才是最安全的。

周宣一邊走，一邊想著，如果李新原那幾樣古玩物品和那袖珍棺材是在這個洞裏得到的話，估計也不可能是從這些洞中找到了寶藏入口。因爲他們還沒有多餘的時間和精力。最可能的原因就是，他們李家的先祖李奉偷了那幾樣東西，包括袖珍棺材出來，逃到大洞口時毒發身亡，李新原他們幾個人不過是順便撿了一個便宜，還來不及往洞裏搜索寶藏入口，拿了那幾件東西後便出了洞，結果沒等到再次下洞來就死了。

李新原啊李新原！

周宣嘆了聲，他們那個先祖李奉那具白骨上又測不到袖珍棺材上的死亡氣息，這幾個洞走了這麼久，除了那個毒水池，什麼都沒見到，除了洞還是洞！

周宣這樣想著時，冰氣繼續往前傳，沒有覺察到危險的氣息，但卻測到前面十米處的去路忽然分開有兩個洞口，左邊的洞口像個狗洞一般，大小剛好能容一個人通過，而且還不會

很輕鬆。

右邊的洞口比現在走著的要小一半，只有一米來寬，兩米高度。再前行七八米，強光照射處，可以清楚的見到這兩個洞口時，周宣的冰氣穿過那個小洞裏面，洞深只有五六米，五六處洞口外的情景，讓周宣頓時呆了一下！

這個洞中洞的景象，讓周宣一下子驚呆了！因爲洞那邊是用四四方方的大石砌出來的一個通道！

這個通道可不像是他們這一群人轉了半天的天然洞穴，而是實實在在由人工修砌的，既然是人工砌的，那就表示已經找到了古城的位址了，只是還不能確定是不是正確的入口處，但至少已經看到了有人工力量出現的景象了，那就比仍然在毫無人煙氣息的天然石洞中穿梭好得多。

後面藍山和李金龍等都奔上前來，仔細瞧著這兩個洞。

右面這個洞用強光燈照了一下，裏面黑黝黝的，很深，但如果是走的話就很好走。

左邊這個洞剛好夠一個人通過，而且必須用爬的才能過去，又用燈照了一下洞裏，兩三米處便漸漸向左彎曲了，根本看不到裏面是什麼情形。瞧著地下濕漉漉的，又髒又潮，絕大部分人都是想著走右邊那一條比較好走的洞了。

藍山望著周宣問道：「小周，你覺得走哪個洞比較好？」

周宣早用冰氣探測了右邊那個好走的洞，十五米以外，仍然是黝黝深深的洞，左邊這個洞，那頭雖然是人工景象出現了，但這麼不好走，如果選這條路的話，那怎麼解釋呢？

一行十六個人，大部分人的目光都瞧向了右邊那個大的好走的洞。

但藍山見周宣猶豫著。明眼人都一眼能看出來、能決定的事，他還在猶豫著，那就證明他選的並不是右邊這條好走的洞了。

藍山在魏海洪家中時，便已經注意了周宣能防備那個袖珍棺材威脅的能力，所以才努力從老爺子手中把他借過來，經過這幾天的接觸後，他的直覺便感覺到，周宣看起來雖然普普通通的樣子，但似乎他就是有一種靈敏到能感覺到危險的嗅覺，這點比他們所有人都強。

周宣想了想，才指著左邊那個小洞說道：

「我覺得，既然咱們是探找入口，我想可以先瞧瞧這個小洞，往裏面去看看，如果不通，或者很深，那就沒必要再跟進去，但我認爲，進去看個五六米的遠近還是可以的，搞不好裏面別有洞天呢，咱們不要漏掉了！」

「這樣吧，你們先等著，我先進去瞧瞧，過不去我再退出來！」周宣笑笑說著。畢竟冰氣早就探出了洞裏面的情況，這樣說倒是更好。

傅盈不覺得怎麼樣，反正周宣到哪兒，她就會跟到哪兒。傅盈把背著的背包取了下來，

提了燈，準備跟著周宣進洞。只有魏曉晴擔心地伸手抓著周宣的衣服，想說要他別去的話，但瞧著傅盈又說不出口。他周宣正式的女朋友都不怕，還要跟著他一起進去，自己這樣說算什麼？她又不是他什麼人，跟他又不沾親帶故的，說出來讓人笑話。

魏曉晴努力地將要說的話吞下肚中，但瞧著那個黑黑的小洞，著實讓人害怕，裏面會不會有什麼妖怪之類的東西，正張著大嘴在另一頭等著？

魏海洪有些想阻止的意思，但瞧周宣表情很隨意的樣子，似乎對洞裏那未知的事物並不恐懼，心想可能他也有他的道理吧，也就沉默著沒出聲。

周宣把背包取下來放到腳邊，然後跟傅盈握了一下手，點點頭，沒說話，便轉身把強光燈放進洞裏，然後蹲下身往裏面爬進去，待全身都進了洞後，又伸手回來把背包拖了進去。

周宣的身子並不胖，在洞裏還顯擠，當背包拖進洞裏後，魏曉晴心裏嚇得怦怦直跳！彷彿周宣是給這個黑糊糊的洞吞吃了一般的感覺！

接著，傅盈也跟周宣一樣的動作爬進去，然後也拖了她的背包，魏曉晴緊張地蹲下身子，用強光燈照著洞裏面，當傅盈的背包在轉彎處拖進去後，就再也瞧不見周宣跟傅盈的一絲身影了。

大家都在沉默中等候著，楊光教授都有些佩服起周宣的勇氣來。從見到那個劇毒古生物時，他便覺得這個深深的地下洞不那麼簡單了，這裏處處是殺機。

周宣轉過彎道處，洞稍稍大了點，把背包拖上前，又伸手拉著傅盈的手，把她拉上前跟自己並排著，兩個人身體挨在一起，就嫌有點擠了。

周宣毫不顧忌地把傅盈摟著，伸嘴在她紅唇上吻了一口，傅盈難得的沒有害羞，沒有婉拒。

接著，周宣把燈照著前邊，已經看得見洞裏的出口就在兩三米外了，一邊繼續爬動，一邊又將冰氣延伸到洞外的最前邊。

不出所料，更前方依然是巨石砌成的通道，這裏果然是人工砌出來的，看這樣的工程，那是需要極大的人力物力才做得出來的！

周宣心裏也有些激動，很可能真是偃師消失的古城了！

一爬出岩洞，周宣便就著強光燈來觀察腦子冰氣看到的景象，一模一樣，沒有絲毫差錯。

這條通道上下左右四方全是用巨大的整塊石頭打磨成長方形，一塊一塊砌成的，石塊打磨得很光滑，石與石之間只能看見一丁點的接觸口，但就是用最薄的尖刀也插不進去。

通道寬約一米五，高約兩米出頭。傅盈打量著這通道的前後左右，不禁嘆道：

「這個通道的工程可不小啊，我就弄不明白，三千六百多年前，又沒有現代化的工具器

械，那時候的人怎麼能把這些重達數噸的巨石運過來，又能砌得這麼整齊？」

周宣笑笑道：「盈盈，你又不是歷史學家，要弄懂這個幹什麼？咱們做完這樁事，趕緊就回自個兒家裏吧，我可沒想要天天看著這樣的場景。」周宣笑了笑又道：「天天看著你，我就已經滿足了！」

周宣前面的半截話，傅盈覺得還說得過去，後面的話讓她愣了一下，隨即微笑道：「周宣，以前覺得你很老實，怎麼現在學得這麼油腔滑調的了？」

「那也要看人！」周宣得意地道，「別的女人我理都不理，我這輩子，就只對你一個人油腔滑調！」

「你就繼續瞎扯吧！」傅盈笑吟吟地道，「不過，你這些話我倒是愛聽！」

周宣正要再戲弄一下嬌美到極點的傅盈，卻聽到身後的洞裏傳來魏曉晴的呼聲：

「周宣，你在哪兒？聽得到我叫麼？」

聲音傳過來的回音，嗡嗡地在巨石通道裏直回蕩。

周宣當即伏到小洞口邊叫道：「你們都過來吧，這邊是人工砌出來的通道！」

周宣一句「人工通道」，頓時把李金龍和藍山倆人搞得激動起來，魏曉晴是最先喊話詢問周宣的，但聽到安全的聲音傳回來，又說另一邊是人工砌成的通道後，李金龍和藍山倆人首先沿著小洞爬進去，魏曉晴和魏海洪差不多是輪在最後了。

十六個人全部聚集在巨石通道中後，李金龍尤其激動，提著強光燈照著往前行去。

周宣本想叫他小心注意一些，但後面的一群人都跟了過去，只剩下他跟傅盈、魏海洪、魏曉晴四個人。

魏海洪很明顯地擔心他，進了洞又見到周宣後，表情好得多了。魏曉晴臉色有點白，確實有點害怕。

周宣本想說她兩句，一個女孩子來湊什麼熱鬧？但見她本就害怕到了極點，剛才又還是關心著他，倒也不好說她，就算要說，也得等出了這個地方再說，現在的魏曉晴可不能再受刺激了。

周宣背起包指指前邊，說道：「把包背好，我們走吧，都過去了！」

周宣拉著傅盈，魏曉晴害怕，走在了中間，輕輕抓著周宣背心的衣服，魏海洪走在最後。

前面的通道中已經看不到一個人，那是因爲十多米的前方通道折向另一個方向，轉了個彎。

走過彎道後，周宣馬上就看見前面十多個人站在一起，燈光閃亮，趕緊走到前邊。

藍山一行人瞧著面前的兩個通道口，是一模一樣的，強光燈照進去後，兩個通道裏在

五六米遠處，一個向左，一個向右，都拐了彎，一時之間，不知道往哪個通道裏進去。

周宣站上前，暗暗將冰氣運出去，冰氣轉了彎，探到十多米遠的地方，不禁皺了眉頭，兩個通道都一樣，十幾米之外還是通道，也感覺不到有什麼危險，倒是不好就決定走哪一邊。

李金龍喃喃念著：「九曲十八窟，九曲十八窟，這是真正的九曲十八窟啊！」

「不管它了，咱們先走右邊吧，不是說行人靠右麼，就走右邊！」李權提著強光燈照著右邊的通道說著，總是得有個選擇吧，磨磨蹭蹭的不是辦法，隨便選一個走就是。

周宣也沒有意見，冰氣探不出來什麼的時候，他也沒有什麼主意。

李權提了燈走在前面，這些巨石通道可比岩洞好走的多了，強光燈照著前面的路，大踏步前行著。

周宣本想走在前邊探一探路，但眾人都擠在前邊去了，他只能在後邊跟著。

十六個人一頭一尾的間隔距離就占了十二三米，周宣傳出去的冰氣只是剛好探在李權身前的兩三米處。

周宣一邊全力運起冰氣探測著前方，一邊緊跟著儘量不慢下來，以免與最前頭的李權距離隔遠了。

再走了二十分鐘左右，至少走了五百米以上的遠近，最前面的李權「咦」了一聲。

周宣也探測到他前面忽然現出了五條一模一樣的通道，加上他們現在走的這一條通道，一共是六條，在通道交會處，是一間二十來個平方的石室，當眾人都聚集在這間小石室中後，紛紛打量著四周的通道，轉了幾個圈，發現東西南北四面的六個通道都是一模一樣的。

更令人吃驚的是，周宣放出異能冰氣探測後，發覺所有的通道都是一樣的，他探測不出哪一條有區別。

怔了一會兒，周宣忽然叫道：「壞了，我們來的是哪條路？」

第五十八章

恐怖屍蟲

小劉的嘴大張著，從裏面湧出來的是無數的蟲子，
強光燈照到他身上，只剩伸在半空中的那一雙手還有肉，
緊接著，那些蟲子一窩蜂地又到手上。
蟲子到哪兒，哪兒就變成了白骨！

這時候，眾人都是一怔，又打量起面前的通道來，轉過來看一下，又轉過去瞧一下，真是一模一樣。來的時候是哪一條，已經分辨不出來了！

「九曲十八窟，九曲十八窟！」李金龍叫道，「這就是九曲十八窟，這是個巨大的迷宮！」

藍山問道：「老李，既然你知道是九曲十八窟的迷宮，那你可知道要怎麼走？」

李金龍卻是搖了搖頭，嘆道：「年代太遠了，咱們李家後十幾代人幾乎都只是傳著這個秘密，卻已經不當是一回事了，好像就是一個故事，一個傳說一樣，而老祖宗傳下的機關圖中也只有殘缺不全的這麼一片。」

想了想，李金龍又道：「不過祖上也傳了一句話，九曲十八窟，逢路向左。」

藍山皺了皺眉，問道：「左？現在誰知道左邊在哪兒？」

眾人俱都是傻了眼，來的通道是哪一條都分不清了，哪還能知道哪邊是左？

李勇從背包裏取了一枝彩筆出來，在其中一條通道上畫了一個圈，說道：「不就是幾個通道嗎，比那山洞還少得多吧，我們依然可以一條一條的走，先隨便選一條吧，到後面總可以找到一條可能通的。」

說著，李勇就拿著燈照著畫了個圈的通道，說道：「就先從這一條開始吧！」

藍山和李金龍都沒什麼意見，藍山是這一群人中的最高領導，李金龍又是最有經驗的，基本上就以他兩個人的意見爲主，他倆不反對，那就沒有問題。

周宣猶豫了一下，李勇和一個幹警已經走在了前面，緊跟著李金龍叔侄婿三個人。

周宣拉著傅盈跟進通道中，距離李勇已經有十來米的遠近，趕緊又將冰氣傳了出去，只走了十來米遠，周宣忽然覺察到危險的氣息，趕緊叫道：

「李勇，快停下來！停下來！」

叫的時候，前邊的李勇和另一名幹警並排走著，李勇反應很快，迅即後退。

就在這時，腳底下的石塊忽然往下墜落。李勇往後退了一下，但仍然處在墜落的石塊上面，另一名幹警在前邊，還沒有反應過來，便掉進了下面。

方建軍就在李勇身後，伸手一把抓著他的手臂奮力把他提了出來。

也幸好李勇聽到周宣叫了一聲的時候，迅速往後退了一步，方建軍剛好搆得著，那名幹警他就無能爲力了。

藍山和李金龍等人迅速上前，用強光燈照著墜落而現出的坑道裏，這一瞧，不由得大吃一驚！

這個坑深十數丈，看起來至少有二十米以上的深度，長寬根本就瞧不出來，因爲每隔不到十米便有一條石柱砌上來，影影綽綽的不知道有多少石柱子。

而最令人心驚的是，坑裏面全是一具具的死人白骨，到處都是，根本看不到頭，不知究

竟有多少人死在了這兒？

眾人瞧得一陣心驚，而另一個幹警則在坑邊叫道：

「小劉，小劉，聽到我叫了嗎？」

掉落下去的那個幹警小劉，甚至都沒有聽到他有呼聲傳出來，在坑邊的幾個人把強光燈對著坑裏照射著，在正下方終於看到了小劉的背包。

不過人卻已經看不出來是個人了，他一雙手伸在半空中往上方舉著，身子上全是黑糊糊密密麻麻的小甲殼蟲一般的東西。

小劉的嘴大張著，嘴裏面湧出來的是無數的蟲子，藍山等人的強光燈照到他身上的時候，他就只剩伸在半空中的那一雙手還有肉，緊接著，那些蟲子一窩蜂地又到手上。蟲子到哪兒，哪兒就變成了白骨！

這是什麼景象？這又是什麼怪東西？在石坑邊上的幾個人都呆愣住了！

李金龍驚道：「是，是屍蟲，大家快退開，快！」

藍山瞧見吃光了那名幹警身上血肉的屍蟲，沿著石柱子正往自己這邊的坑上爬了上來，速度還不慢，而且在光滑的石面上居然還能不跌落下去！在那兒瞧看的幾個人立即知道了危險，都站起身迅速往後退。

李金龍其實對屍蟲這種東西也只是聽說過，從沒有見到過，像他們跟王強兄弟這些盜墓者對這些都有研究。

目前世界上也存在屍蟲，不過種類和數量都很少，只在北美一帶還有。

屍蟲一般有兩種稱呼：一種叫埋葬蟲，又叫錘甲蟲，屬於昆蟲中最大的一個目——鞘翅目，埋葬蟲科。在全世界大約有一百多種。絕大部分存在於蟲食動物死亡和腐爛的屍體，像是自然界裏的清道夫，起著淨化自然環境的作用。

牠們有些住在像蜜蜂的蜂房巢穴裏；特別是一些種類則住在洞穴裏，食蝙蝠的糞便。

但現在坑道裏的這種屍蟲卻絕不是現有的品種中的任何一種，這是古老的盜墓一系傳說中的屍王蟲，任何生或死的動物身體在這種屍蟲吞食下，不到一分鐘便會給吞噬個乾淨，而只剩下一堆白骨。如果現在這萬屍坑中的屍蟲跑到通道中來，那他們這十六個人不到一分鐘就只會剩下一堆白骨！

楊光教授更是明白，他心裏是又心驚又激動，一直生存在古老傳說中的那些生物，今天竟然就見到兩種！

不過雖然是看到了，卻也明白這些東西的厲害之處，一個不好，也許就會給地底洞中增添一具白骨了！

眾人都有些慌亂，而且見到屍蟲的又只有前面李金龍和藍山等幾個人而已，他們立刻往

後一退，回身叫道：「全部都退出去，趕緊退出去！」

周宣自然知道有危險，他的冰氣測不到那麼遠，但他測到了剛剛那墜落的石塊下是空的，在那個地方下面有機關，只要人踩上去，就會跌落到下面的深坑中，只是不知道下面坑中有這種屍蟲。

周宣見藍山和李金龍幾個人臉上表情驚悚，動作都慌亂起來，就知道不妙了。

藍山在他心目中，一直是遇事不慌、處事不亂的鎮定模樣，似乎沒有什麼事能讓他慌亂，但他現在的表情卻是十分慌亂，難不成坑裏有什麼可怕的東西？甚至是遠比劇毒古生物還可怕的東西？

不過想想也可能，因爲劇毒魚只能在水池中生存，只要不沾那水池中的水，那就沒什麼危險，所以雖然劇毒無比，但危險性其實不算很大。

藍山衝到後面，向魏海洪和周宣叫道：「老三、小周，快走！」

王強、王勝兄弟雖然也沒見過這種屍蟲，但對盜墓者們傳下來的古怪物事卻是知道不少，但從來沒有真的見到這些東西過，剛剛清楚見到了這屍蟲的厲害，趕緊轉身就跑。

屍蟲在快爬到坑上面的通道時，周宣的冰氣便感覺到了，臉色一變，趕緊把強光燈遞給空著手的魏曉晴，叫道：「你拿著！」一手拖了傅盈，一手拖了魏曉晴，又對魏海洪道：「洪哥，趕緊走，別停留！」

說實話，不跑也不行了，因爲所有人都跑離這裏了，只剩下他們四個人在最後。

魏海洪一邊跑一邊往後瞧了瞧，那些黑糊糊的甲殼蟲速度很快，又多，雖然只是在這個通道中，但給人的感覺便是漫山遍野。

往回跑的時間只是思索的功夫，因爲屍蟲的速度很快，與最後面的魏海洪只相差六七米遠，周宣一邊跑一邊叫著：「洪哥，快點！」

魏海洪跑著的時候腳閃了一下，可能是太緊張的緣故，又可能是跑得太急太累，這一下讓他摔倒在通道中，而屍蟲卻只相隔三米不到的距離了！

周宣一急，當即鬆開拉著傅盈和魏曉晴的手，大叫道：「你們兩個快跑！」說完趕緊回身將手急按到石板上，冰氣毫不猶豫地全力運出，將魏海洪身後六七米範圍中的屍蟲轉化成黃金蟲！

周宣這一下冰氣運行使用得過猛，腦子都暈眩了一下，但他努力忍住讓自己不暈過去，將近六七米範圍中的屍蟲化成了黃金蟲後，一把拉起了魏海洪，拖著就跑。

只是一起身便見到傅盈和魏曉晴倆人居然都沒有走，而是轉身盯著他，不由得氣道：「看什麼，快跑！」

這時後面成千上萬更多的屍蟲從黃金蟲上面翻越過來，情勢更是危急。

周宣運用冰氣太厲害，消耗很大，本來冰氣就是轉化分子消耗最大，而那些屍蟲又似乎

是無窮無盡，但他的冰氣卻不是可以無窮無盡的使用！

往回跑的時間比來的時間要快得多，穿過幾條通道的入口，然後再回到那個六個入口處的小石室中。

其他人都停留在那裏，因爲不知道到底哪一條通道是安全的，李金龍更是急得汗水都冒了出來，九曲十八窟的機關和危險他可是從老一輩口中聽說過的，關鍵是「逢路向左」，但到底哪一邊是左邊呢？

傅盈和魏曉晴先跑進來，然後是魏海洪和周宣，裏面的人用強光燈照著，已經看到屍蟲就在十五六米之外了！

周宣喘了幾口氣，然後衝著楊光道：「楊教授，把你那個魚罐給我！」

楊光怔了一下，問道：「什麼？」

李金龍聽周宣這麼一叫，立即也明白過來，趕緊一把將楊光背上的背包扯下來，打開拉鏈，把那個密封的罐子取了出來。

楊光立時明白了李金龍和周宣的意思，趕緊道：「不，別打開……別打開罐子！」

周宣喘了一口氣後，惱道：「迂腐！」這些教授學者一向把研究看得比什麼都重，可也不想想現在的處境，屍蟲一到，人人都變成了白骨，他還能活得成嗎？

李金龍小心打開了密封袋，又揭開了罐子口，瞧了瞧前面的屍蟲，已經離他們只有四五米遠了。

李金龍瞧準了地方，然後把罐子扔過去，罐子裏的水倒了出來，往通道兩邊橫流開來，那兩條魚沒了水，在石板上彈來彈去的。

後面湧上來的屍蟲將到水邊的時候，稍稍停頓了一下，似乎對這個水也有些畏懼，但後面的屍蟲太多，前面的停不住，後面的便踩踏著翻過來，一層一層的，到前面便栽進毒水中。石室中，眾人的燈光都照在這兒，清楚地見到紫煙騰騰，屍蟲剎那間化爲煙霧。

那兩條魚彈動著落入屍蟲中，煙霧騰起，以魚身體爲中心，一圈的屍蟲化爲煙霧升騰消失。

石室中的人都是鬆了一口氣，暫時是阻住了屍蟲，不過又擔心起來，要是不趕緊找到退路逃出去，魚水會乾，會消失，屍蟲遲早會越過來，那時就是他們所有人的死期到了！

李金龍急得直叫：「左邊，左邊，左邊到底是哪邊啊？」

藍山猶豫了一下，隨即道：「別想了，我們走第三個洞，第二個洞被排除了，因爲我們來的通道左邊才是正確的路，第一個是有屍蟲的通道，那這條就不是我們來時的路，也不是正確的通道，所以排除了第二個，沒有時間了，趕緊走，那水快乾了！」

藍山的決定無疑是正確的，無論如何，都得趕緊找到另一條通道。

李金龍叔侄三個人更是跑在了前面，前面雖然有未知的危險，但背後的屍蟲危險卻是近在眼前，總得把看得見的危險甩得離自己更遠，才是最好的選擇。

周宣在這一陣子後，才算是平息了呼吸，丹丸冰氣恢復了六七成，趕緊催促傅盈和魏曉晴走，魏海洪更是不用再說了，剛剛要不是周宣拼了命回身拉他，他在通道裏便會給屍蟲吞噬了個乾淨。

不過，魏海洪沒有機會回身瞧到周宣把屍蟲轉化成黃金蟲的那一刹那，魏曉晴和傅盈雖是轉身瞧見了，但注意力卻都放在周宣和倒地的魏海洪身上，後面屍蟲好像有一片金燦燦的樣子，也都沒有往別處想，這些從沒見過的古怪生物就算變成更加怪異的顏色，她們也不會覺得奇怪。

從第三個通道裏衝進後，周宣的位置在最後面，這時候，他沒有再運冰氣往前探路，因爲冰氣損耗過後，已經不能探到十五米遠的距離，而且前面的人已經離他們超過了十五米遠，再運冰氣就浪費了。現在必須要保存實力，留到保命的時候再出手。

傅盈和魏曉晴邊跑又邊回頭瞧著魏海洪跟周宣倆人，見他們兩人就跟在後面才放心。

周宣聽到後面有沙沙的輕響聲傳來，急道：「快跑，屍蟲過來了。」

前面除了兩個老教授跑得慢一點之外，其他人都遠遠的在前邊了。

李金龍在最前面，跑得雖然快，但還是很小心，要是一個不好，地上又陷下一塊石頭，裏面又出來一批怪東西，那可就要命了。

好在腳底下一直沒有出現那種情景，李金龍瞧了瞧身後，跟著是王強、王勝兄弟，還有侄子李權和侄女婿王大貴，這些人都是盜墓的老手。

李金龍想想，不禁有些好笑，幹了這麼多年的盜墓掘墳，危險的事也不是沒遇到過，但沒想到竟會有今天這麼狼狽的事發生，而且還見到這麼多根本就想像不出來的要人命的怪東西，以前，只有在老人們的傳說故事中才有的。

李金龍一邊想，一邊將強光燈照著前邊急奔，身邊的李權忽然叫道：

「三叔，前面是個石室。」

李金龍腳步頓時慢下來，將燈照著前邊，通道口前邊兩米外便是一間石室，石室兩邊的情況瞧不見，但對面是石壁牆，沒有去路。

到石室口處，李金龍把頭探進石室中一瞧，石室約有五六十平方大，除了自己站著的這個通道口，別的地方再沒有任何出口。

李金龍怔了怔，隨即轉身瞧了瞧，後面的人都緊接著過來了，最後面的是周宣他們幾個人。

李金龍面色煞白，趕緊對跟上來的藍山急道：「藍山，糟糕了，這是一條死路，就一間

石室，趕緊退回去再走另一邊吧。」

藍山和李勇、方建軍都伸頭到石室中瞧了瞧，皺著眉頭轉身望著來的通道，只見周宣幾個人也都氣喘吁吁跑過來。

沒等藍山開口問話，周宣便急急道：「趕緊走，屍蟲越過毒水過來了。」

李金龍和藍山都是面色大變！

李金龍苦著臉說：「沒路了，這兒就一間石室。」

周宣一怔，這時候也來不及細想，趕緊道：「全部人都進到石室中，快！」說著，奔到石室口，隨即又把冰氣運出，在石室中探了一下，主要是看地底下有沒有陷阱，確定沒發現陷阱後，便叫道：「都快進來。」

等人都進石室中後，周宣又喊道：

「大家背包裏有沒有可以燃燒的東西？有的話都拿出來，多餘的衣服也都拿出來。」

周宣說完，把自己的棉衣拿出來，丟在石室通道口處，藍山立即明白周宣是要用火來阻止屍蟲，雖然知道這也不會是個長久之計，但眼前只有這個辦法能拖延一點時間了！

藍山想也不想就說道：「大家都把多餘的衣服和能燒的東西拿出來！」

下洞來的人全都帶有防寒的棉衣，但洞裏的寒氣是另一個洞口裏噴出來的，而這邊進來的洞裏並不冷，所以寒衣其實並沒有多大用處，因此藍山一叫，大家全都趕緊拿出來了。

王大貴還拿了兩支精裝的白酒出來，他好酒，心想：在這深寒洞中，要是太冷，喝點酒壯膽增暖，沒想到竟然派上了別的用場。

周宣把棉衣在通道口擺了一橫條，堵住了通道口。王大貴打開精裝酒狠狠喝了一口後，咂著嘴，然後把酒遞給周宣。周宣在通道口的棉衣上挨個撒上酒。

酒精是引火的好東西，然後又要了打火機。王大貴和李權都把自己的打火機遞過來，周宣隨便拿了一個，試了試能打著火後，就瞧著通道口前方。

眾人的眼睛這時候都盯著通道口前方，不敢做聲，靜靜的場面中清楚地聽到沙沙的聲音傳來，接著，二十多米外的通道上便見到了黑汪汪的一大片屍甲蟲湧出來，前面的拼命往這邊跑，後面的源源不絕的繼續出來，彷彿就沒有個盡頭。

傅盈跟魏曉晴倆人心裏都是怦怦跳！

傅盈在美國那次跟周宣一起見過水底怪獸的兇狠，這個屍甲蟲雖然個子小，但數量龐大，威脅一點也不比那怪獸小。至少像裏面那個小洞口那怪獸進不去，還能給人留一些喘息的機會，可這個屍甲蟲卻是無所不至，只要有通得過的地方，牠都能過去，凶險更超過那怪獸。

瞧著屍甲蟲到棉衣處只有五六米的時候，周宣這才打著了打火機將棉衣點燃，然後又把酒瓶裏剩下的酒往上面一灑，火焰一下子騰了起來！

衝在最前面的屍甲蟲便給擠到火堆上，立即給燒得臭味撲鼻而來，石室裏的人都捂住了口鼻，臭味不說，還有煙霧熏得也讓人難受。

瞧著通道另一頭密密麻麻無窮無盡的屍蟲，石室中的人都不禁臉露懼色，那棉衣總有被燒盡的時候，就算把石室中所有人的衣服和能燒的東西都拿出來，那最多也就是多個一時半會兒的功夫，等所有東西都燒完燒盡的時候，那就是石室中所有人的末日到了，最終大家也都得變成一具白骨！

周宣叫著近前的李權和王勝道：「你們兩個幫忙守著這裏，火勢弱了，就加棉衣進去燒，爬到牆上的就用東西拍死，現在火勢不強，兩邊溫度也高，估計一時半會兒還爬不過來，有沒有趁手的工具？」

「有！」李權說著，到石室中打開自己的背包，取了一把折疊的鏟子出來，把折疊杆打開，在石壁牆上拍了拍，噹噹的聲音很脆。

而王勝也取了自己的鏟子出來，比李權的更高級一些，倆人一左一右地守在通道口。有他兩個人守著，周宣也放心了些，退到石室中對藍山說道：

「藍山，大家都被逼在這間石室裏面了，現在只有一邊盡力守著通道口借著火拖延時間，另一邊，咱們得就在這石室中找出口，看看有沒有另外的通道出口。」

周宣說了這話，石室中的人都明白現在面臨的處境和局勢，不需要再作任何動員，各自找了工具出來，沒有工具的，就用手在牆上拍打，聽聽背後是不是空的。

周宣頭先早試探過了腳底下，是沒有出路的，接下來，他也裝作在牆壁上輕拍，暗地裏把冰氣運了出來，試探牆壁背後，只是在石室中轉了一整圈後，也沒有發現有另外的出口和通道，頓時有些急了，這石室就是一間死室，沒有通道出路！

一時間急得冷汗直流，不禁想著，難道就真要葬身在這個深淵地底，成了那萬人屍骨的一分子？

又瞧了瞧石室中的其他人，各個都在敲擊著牆面上，尋找著求生的機會。

通道口，地上扔著預備的棉衣也只剩下兩件了，火勢也慢慢弱了下來，李權和王勝倆人也不敢把火加得過大，對面那邊，屍甲蟲的屍體已經堆了厚厚一層，燒得焦臭。

周宣急得直抓頭，等一下棉衣燒盡火滅的時候，自己的冰氣異能又能轉化多少屍蟲？便是自己的冰氣再雄厚十倍，那也禁不住這無窮無盡的屍蟲啊！

石室中的人仍然在敲打著牆壁，只有周宣才明白，牆壁後面根本就沒有任何出路，等著他們的，就只有死路一條！

李權把最後兩件棉衣也扔進了火堆中，火勢弱了，有不少的屍甲蟲已經沿著石壁往這邊爬過來，其中一些受不住下面的火焰熱度掉落下來，在火堆中燒得嘶嘶直響。

李權和王勝各自持著折疊鏟在石壁上拍打，打死和拍落的屍蟲都跌落在火堆中，但仍有

幾隻竄過來。

周宣急道：「趕快拿東西上前幫忙。」

其實周宣不說，王強和王大貴、李金龍都已經瞧見了，不用說，都各自拿起鏟子竄到通道邊上拍打。

李權正拍打著牆，忽然「哎喲」一聲喊，扔了鏟子抱著右腳直叫喚，周宣瞧見他腳底下鮮血涔涔流下，顯然是屍蟲咬了他的右腳。

李權的右腳中有一隻屍甲蟲鑽了進去。周宣腦子裏清楚見到那屍蟲在他腿肚子中把肌肉破壞了個一塌糊塗，但又無可奈何，不可能把屍甲蟲轉化成黃金，因爲牠還在李權腿中，也不敢把李權的小腿轉化成黃金來阻擋屍蟲，那樣都會引起李權金中毒。

周宣急切之中，跟李金龍兩個人把李權拖進石室中來，通道中那個空缺位置，就由王大貴趕緊補上。

周宣把李權的右腳褲角撕開，露出了小腿肚，旁邊的人都看到他腿表面的肌膚上有一個洞，在迅速移來移去，而李權自己只是呼痛！

周宣從自己襯衫下襬撕了一條帶子，然後又用力在李權小腿上捆住，阻住肌肉裏面的屍蟲，讓牠們跑不到上面，肌肉裏面的屍蟲似乎有點害怕這種拍打響聲，迅速往下面移動，周宣跟著拍到下面。

李權腳跟血光一閃，一點黑色連同鮮血飛灑出來，李金龍用鑵子一拍，屍蟲行動迅速，這一下沒拍到，但李金龍也不慢，第二下鑵到，將那屍蟲鑵到鑵子中，隨即用力向天頂上一揮，那屍蟲「啪」的一聲給摔到頂尖的石板上。

周宣情急中站起身來，左手往頂上一撐，冰氣運出，那屍蟲落下時，周宣一把捏在了手中，同時間，冰氣把屍蟲轉化成了黃金蟲。

就在這一剎那，周宣忽然抬著頭呆怔住了，動也不動。

第五十九章

棺中珍寶

李金龍和藍山兩個人在最前面，還沒拿強光燈照進去，

便見到棺材裏面有瑩瑩的光彩映出來，再仔細瞧了瞧，

有光彩的都是些如雞蛋般大的珠子！

棺內珠光寶氣的，幾個人都是張大了口，合不攏來！

傅盈和魏曉晴最是關心周宣，趕緊圍上來。

魏曉晴問道：「周宣，你，你沒事吧？」

傅盈卻是抓著他的手，使勁想掰開手指把那屍蟲弄出來，但周宣的手很緊，她使了勁也弄不開。

李金龍和藍山以及魏海洪都緊張地瞧著周宣的手，剛剛那屍蟲的厲害也不是沒見到，周宣這般用手捏著，那是極大的危險，又見到周宣呆呆的樣子，以為屍蟲已經鑽進他手臂裏面去了，都是又驚又慌起來。

再瞧瞧通道口，王大貴、王強、王勝和李勇幾個人正在奮力撲打著闖過來的屍蟲，而那火堆顯然也支撐不了多久。

幾乎所有人的心都涼了，毫無疑問，如果沒有奇蹟出現，他們這十五個人都得變成十五具白骨留在這個石室中了。

這中間，只有周宣一個人不這樣想！

因為他剛剛運冰氣轉化那屍蟲的時候，冰氣穿透了頭頂上的石板，他發現了頂上是空的，而且就在正中間的位置，還有一個機關入口！

傅盈急得聲音都發顫了，叫道：「周宣，你醒醒，醒醒！鬆手！」

周宣這才醒悟過來，伸手對李金龍說道：「老李，把你的鏟子遞給我！」

李金龍不知道周宣要幹什麼，但還是把鏟子遞給了他。

周宣拿了鏟子，到石室的正中間的位置站住，然後仰頭把鏟子伸到石室天頂上，用鏟子把正中間一個凸出的圓點用力一頂。

就這麼一下，「砸砸」的沉悶聲響起。

石室中的其他人都是一怔，隨即抬頭瞧著聲音的來處。

石室頂上的正中間部位，在響聲中，石板移開，露出了一個正方形，半米左右直徑的洞孔來！

石室中的人怔了一怔，隨即歡呼起來！

周宣叫道：「別叫了！大家都來幫忙，先讓女孩子上去，再讓楊教授和秦教授上去，最後是我們，快……別耽誤時間！」

其實不用周宣催促，這些人都不是傻子，魏海洪想都不想，趕緊拖了周宣，倆人一起抬著魏曉晴舉到洞口，魏曉晴把強光燈先放到上面，然後踩著周宣的肩膀爬到了上面。

周宣轉身又將傅盈摟著腰往上面一遞，石室的高度只有兩米。魏曉晴在上面伸手抓著了傅盈的手。

傅盈身手本來就好，抓著魏曉晴的手一借力便到了上面，然後再把兩個老教授弄了上去。

周宣眼見通道口的情勢越來越危急，趕緊不由分說的就把魏海洪推到前面，藍山倒是明白，幾個人合力把他給送了上去。

接下來，把受傷的李權抬著送上去，方建軍隨後推著藍山，急切地把他弄了上去。這時候，就聽見通道口裏的幾個人叫道：「快退，快，來不及了！」

周宣見火堆快熄滅，趕緊把地下幾個背包提起到通道口邊，扔到火堆邊，又把王大貴的另一瓶酒打開，猛烈地揮灑到上面，火勢騰地一下燃起來，頓時阻住了大批的屍蟲，但這個空檔間，又有數百隻屍蟲躥進石室中來了。

傅盈在上面的洞口中伸了手下來，拼命地叫道：「快上來！」

通道口的幾個人也都退進石室中來，一邊奮力拍打石室中的屍蟲，一邊抓著頂上伸下來的手往上爬。

周宣雖然也身處在危境之中，但全身的冰氣早運轉起來，接觸到他的屍甲蟲在張口的時候都被他一下子轉化了，情況危急，場中也沒有人注意到他。目前屍甲蟲的數量對他還構不成威脅，損耗不了多少冰氣，但如果通道外面那鋪天蓋地的屍蟲都進來後，那就致命了。

這一會兒，李金龍和王大貴、李勇、方建軍都上去了。

周宣只聽到傅盈幾乎是哭泣的聲音傳來：「周宣，你快上來，你快上來！」

魏曉晴一邊流著淚，一邊死命拖著傅盈，怕她往下面跳。魏海洪和藍山也都在急切叫著周宣，催他趕緊上去。

王強剛一爬上去，他弟弟王勝便慘叫了一聲，腿上便有屍蟲鑽了進去，王強在上面急叫道：「弟弟，快把手伸上來！」

王勝已經站不穩身子，伸著的手哪裡搆得著？下面的人也只剩下王勝、一名幹警、周宣這三個人了。

周宣當即叫喚那名幹警：「你跟我一起抬著他，把他送上去。」

那幹警很害怕，急切間直往上跳，想拉著上面伸下來的手。

周宣抱著王勝的腰往上一舉，用盡全力，上面的手與王勝的手互相抓著了，而那名幹警也與上面的手抓著，上面的人一用力，但他跟王勝倆人的身體一碰撞，都卡在了洞口。

因爲洞口同時只能容納一個人經過，倆人都急得直喊叫，王勝腳上又給屍蟲吞噬著肌肉，痛得更是撕心裂肺地叫喊。

周宣把腳邊的屍蟲轉化成黃金，然後拖著那名幹警的腳往下一拉，把他扯了下來，叫道：「你就不能讓一下？要這樣大家都會死。」

那名幹警給周宣扯下來，在地上摔了一下，又受到了太大的驚嚇，扭曲著臉，一把推開周宣，趕緊站起身來，王勝在這一下就給拉了上去。

那名幹警往上一躍，不過沒抓到上面伸下來的手，這時候通道口火堆熄滅，阻擋物完全

消失，屍蟲一擁而入。

那名幹警頓時慘叫起來，被無數屍蟲圍住狂咬，在叫聲中，他拼命一躍，這一下倒被上面伸來的手抓住了，給一把拖了上去。

周宣同樣也給屍蟲團團圍住，但周宣早把冰氣運轉到周身，特別是注意腳底下，凡是接近他三寸以內的屍蟲都給轉化成了黃金蟲。

周宣這樣的用法倒也不會讓他支撐不住，因爲轉化而使用的冰氣並不算劇烈，不像一開始那一下，用盡全力轉化屍蟲，那樣子反是承受不住。

這時，在上面洞口中的魏海洪、藍山和傅盈幾個人，只見到周宣身周黑壓壓的都是屍蟲，口裏雖然叫著，心卻是涼了，以屍蟲的數量和威力，周宣即使給拉了上來，定然也會給吞噬掉腿腰的肌肉，能否活命，那就得看老天爺了。

周宣哪還遲疑，在將周身的屍蟲轉化了無數之時，拼命往上一躍，一手抓著了魏海洪，另一隻手則抓住了傅盈的手。倆人奮力把周宣拖上去。

傅盈把周宣一拉到上面，倆人擁著滾到了一邊，魏海洪、藍山、李勇、方建軍幾個人旋即把石板推過來蓋上，不留一絲縫隙。

李金龍和王大貴以及王強則在給王勝和那名幹警拼命拍打腳部，在整治鑽進腿中的屍蟲，而藍山與李勇這幾個人蓋上石板後，也趕緊圍到這兩個人身邊緊盯著，如果屍蟲跑出來，就必須掐殺掉，否則這東西鑽進身體中就糟了。

魏海洪瞧了瞧周宣，見他雖然是最後一個上來，上來時又親眼見到滿石室的屍蟲圍著他，但他卻是偏偏好生生的，一點兒傷口也沒有。

傅盈喘了幾口氣，然後坐起來仔細地檢查著周宣的身體，找來找去都不見有屍蟲的蹤影，而且周宣的腳上肌膚處絲毫沒有半分的傷痕。

魏海洪怔了怔，隨即便想到周宣的奇特之處，自己這個兄弟看來能力還遠不止此！

傅盈找不到傷口傷痕，倒是鬆了口氣，想了想，趕緊又拉過周宣剛才在石室中握著屍蟲的那隻左手，定睛瞧了瞧，手上也是好端端的，沒半分兒傷口！

周宣早扔了那隻變成黃金的屍蟲，坐起身來向四下裏打量了一下，無數支強光燈照射著，一看四周的樣子，周宣不禁張大了嘴，合不攏來！

這個大石宮殿面積不會低於一千個平方，高約十米，中間一排一排整齊的豎立著數百根大石柱子。

宮殿的正前方擺著一具大石棺材，棺材周圍有七八十具屍骨，這些屍骨都穿著古戰甲一類的衣物，頭部和手部等位置則是露出森森白骨。這些屍骨身邊或劍或槍或戟，兵器腐蝕銹跡十分嚴重。

大石棺材旁邊坐著一具枯屍，手中一把青銅寶劍佇立著。瞧這具屍骨身上的鎧甲要比旁

邊那些大氣威嚴得多，想必這個人的身分很高。

周宣距離那石棺約有五十米遠，莫說冰氣還有損耗，就算是最佳狀態，也探不了這麼遠。

秦曾教授提著燈，過去瞧著這些古蹟，簡直是愛不釋手，大石棺旁邊的石几上還擺放著一些銅器、陶器。

周宣很是吃驚，因為他擔心藍山所說的那個天外異石，會不會就是存放在那具大石棺中？如果是的話，那他們會不會早就中了輻射了？

雖然懷疑著，但一來，冰氣在這麼遠的距離探測不到，二來，自己也沒有感覺到之前在魏曉晴身上嗅到的那種令他難受的死亡氣息。

傅盈檢查過周宣後，見他全身都是好好的，這才放了心，只是又有點擔心，周宣這一陣子的表現都是傻傻呆呆的。

周宣站起身來，王勝的一雙腳血淋淋的，有幾個地方都露出了森森白骨，他哥哥王強正在檢查著，看他腿裏面還有沒有屍蟲。

周宣走過去用冰氣一探，便知道身體裏的屍蟲都給趕出來拍死了，腿上現出的是四五個血洞，王強在背包裏取出藥物塗上，然後又用繃帶纏好。像他們這類人，醫藥等急救的物品都是必須的，隨時都會帶在身邊。

而另一邊，那個幹警就沒這麼好運氣了。李勇和方建軍蹲在他身邊，撕開他衣褲瞧著，屍蟲已經鑽到他小腹中了。

他嘴裏忍不住地叫喊疼痛，周宣蹲下身子用冰氣一探，不禁倒抽了一口涼氣！他腹中有三隻屍蟲，胸腔中也有兩隻，腹中的腸子都給咬碎成一截截的，胸腔那兩隻甚至已經把心臟吞噬了幾個洞。

周宣雖然不懂醫術，但像這個樣子，他也知道肯定是活不成的了，當即運起冰氣，將他體內的五隻屍蟲轉化成了黃金蟲。

那幹警立時便軟了下來，身體沒有那撕心裂肺的疼痛了，只是也沒有力氣說話和掙扎。

周宣站起身，嘆息著走開了。他已經知道這個結果一定是個死，所以也沒有必要再停留下來。他再把冰氣盡力傳到最遠，人也往那具大石棺走去，想探測一下那個最危險的東西會不會在石棺材中。

秦曾早就跑到石棺邊的石几處，在包裹取出放大鏡瞧著石几上的器具。在那個距離範圍中，如果有輻射，秦曾絕對是逃脫不開了。

周宣小心地一步一步慢慢走過去，不過很奇怪，他的冰氣碰到那大石棺便探測不到裏面，只不過石棺也沒有感覺到任何的危險。

倒是有些奇怪了，從有冰氣異能以來，他測不出來的東西，便是不屬於地球上的，難道

這具大石棺材也是天外之物？

其他那些屍骨沒有血肉，周宣也測不出來他們是不是受了袖珍棺材那種輻射物質。那個被屍蟲噬心的幹警終於支撐不住死了。王強也給他兄弟包紮好了傷口。

李金龍和王強這兩夥人都是盜墓好手中的好手，在危險暫時解除之後，馬上又對這大宮殿中的器具古物感了興趣，以他們的眼光來審視這些東西能值多少。

這幾十個人身上的鎧甲和兵器值不了什麼大錢，也許大石棺旁邊那個將領模樣的人手中那把青銅寶劍要值些錢，石几上的器具也能值不少錢，但這些加起來，充其量也最多就三幾百萬，對他們來說，花這麼大的力氣就只得到這點東西可是不值得，瞧了瞧四周，空蕩蕩的，也沒見到別的東西，不禁有些失望。

周宣走近棺材邊上，用手輕輕觸著，再次運起冰氣，卻依然是穿透不進去。

李金龍和王強經驗最是豐富，盜墓除了墓室中的埋葬品之外，再就是棺材中了，一般真正的寶物和值錢的都會放在棺材中。

他們兩個瞧見周宣在棺材邊上摸著慢慢打轉，便都走過去。走近，倆人眼神一對碰，笑了笑，李金龍道：

「開棺？」

王強點點頭，倆人挨近了石棺材，一左一右，扶住了蓋子一用力，叫了一聲。

李金龍轉身向王大貴招了招手，王大貴幫李權墊了背包，讓他靠著休息，然後趕緊跑了過來。

藍山瞧見後，眉頭一皺，與李勇、方建軍三個人走過去，最先說的一句話，卻是對著周宣說的：「小周，怎麼樣？」

周宣知道藍山的意思，是問那具棺材裏有沒有危險，會不會有那東西。他搖了搖頭，第一，是測不到，第二，如果有的話，那他們都已經被輻射到了，在這個範圍內，沒有誰能逃得掉。

既然都不明白，來的本意也是這件事，那還是要打開瞧瞧的。

李金龍與王強最主要的目的便是找到寶藏，否則冒了這麼大的危險，如果什麼都撈不到的話，那出去還不得繼續做下去啊？

藍山從周宣這兒得不到什麼提示，按他自己的想法，那還是開棺。

想了想，藍山給李勇和方建軍示意了一下，加上周宣，七個人團團轉圍著大石棺，一齊用力，李金龍嘴裏叫著「一二三」，當叫到「三」的時候，七個人的力量使到了一塊兒。

那棺材蓋「嘎嘎嘎」的一聲響，便被挪開了一個小縫。

棺材蓋與下面的棺材挪開了有十多二十釐米的縫隙，周宣在挪開的那一剎那，便把冰氣傳到了棺材裏面，腦子中得到的訊息讓他又是一怔！

棺材裏面全是珍珠、玉石、珊瑚、瑪瑙，可以說，這一具棺材的珍寶價值超過了他以前見過的財寶總和！

王大貴在棺材挪開的縫隙旁邊鬆開棺蓋後，趕緊又提了強光燈從縫隙裏照著瞧了一下，只瞧了一下，便激動得說不出話來，腦袋在石棺上「砰」地撞了一下，這一撞力度可不小，額頭都撞了一個大包出來。

王大貴捂著額頭，顫著聲音道：「三，三叔……裏面……裏面！」

李金龍哼道：「難道有鬼了不成？」說著走過來。

其他人也都圍了過來，畢竟誰都對棺材裏的東西很好奇，雖然各自的心態不同。

只有周宣一個人沒有圍過去，冰氣的探測跟他用眼睛看一點區別都沒有，甚至有時比眼睛看得更透澈。

李金龍和藍山兩個人在最前面，還沒拿強光燈照進去，便見到棺材裏面有瑩瑩的光彩映出來，再仔細瞧了瞧，有光彩的都是些如雞蛋般大的珠子！

這是夜明珠嗎？在黑暗中的石棺裏沉睡了幾千年，沒有光源，夜明珠又如何能發光？隨即又想到，這定然是剛才王大貴拿著強光燈照射了一會兒的原因！

即使看不到全部，李金龍還是興奮地揮著手道：「大傢伙沒白來一趟，再來一下，把這棺材蓋全弄開。」

這石棺材蓋子已經打開了一小部分，再弄開就輕鬆多了，幾個人再一使勁，便把蓋子抬到一邊，然後沿著石棺材滑放到地上。

除了周宣，其他人都各自拿了強光燈照著棺材裏，棺內珠光寶氣的，把眾人眼睛都看花了，李金龍、王大貴、王強，甚至是李勇、方建軍幾個人都是張大了口，合不攏來！

這一棺材的價值，就算是瞎子也想得出來！

瞧這些人在棺材邊撫摸著財寶，一臉的陶醉，周宣不禁嘆了口氣，心道，財寶再多，你能出得去嗎？沒命花，有多少也沒用，在這兒還能當飯吃啊？

說到當飯吃時，周宣又驚了一下，馬上想到，壞了！大部分背包行李都掉在了下面的石室中，還在的行李背包不足一半，如果帶來的吃的喝的用盡了怎麼辦？最好能在這之前找到另外的出口。如果要從原來的路返回去，恐怕沒有一個人能活著出去了。

在那些兇猛的屍蟲圍攻之下，絕沒有人能逃得了，就算是自己，有冰氣護身轉化牠，最多也只能在屍蟲中多待幾分鐘而已，冰氣用盡耗絕時，他同樣也會被屍蟲吞噬成一具白骨！

周宣見這些人癡迷在珠寶財富中時，瞄了瞄石棺中，倒是瞧見了幾片跟之前李金龍那先祖李奉留下來的麻布片一樣的東西，心裏一動，旋即伸手拿了出來，瞧了瞧，全都是些不認識的文字。

藍山也瞧見了周宣拿出來的這些麻布片，他心裏倒是明白，不管有多大的財富，出不去

都是枉然，見周宣拿起麻布片時便轉身過來。

周宣將麻布片遞給他，藍山自然也是認不出來，當即叫了聲還在研究石几上器具的秦教授：「秦教授，看看這個！」

秦教授接過那幾片麻布片來，瞧了瞧那些字，頓時眼前一亮，興趣立即就轉到這上面來了。

周宣沒有再理會這些事，瞧了瞧傅盈，見她正呆呆望著自己，想想剛剛自己在下面石室中時，傅盈那時的悽楚，如果不是上面的人拉住她，恐怕她就跳下去了！

周宣立刻走過去握著傅盈的手，輕輕搖了搖，低聲道：「盈盈，對不起！」

傅盈眼圈一紅，道：「你心裏還有我嗎？剛剛你把我先推上來我也不怪你。但是你爲什麼把自己留在最後面？人都是自私的，在最危險的時候就會更自私，你看別人都知道趕緊往上逃，而你卻偏偏還要把自己弄到最後面。剛剛我叫你的時候，心都碎了，你知道嗎？」

傅盈說到這兒，眼淚終於止不住一顆顆滾落下來。

周宣是又憐又愛，嘆了口氣，把傅盈拉到懷中摟著，用手拍拍她肩頭，低聲道：「好啦好啦，我保證，以後再也不會了。」

傅盈再也忍不住，摟著周宣抽抽噎噎哭起來，眼淚把周宣的肩膀都弄濕了一大片。周宣從來沒見過傅盈會在這麼多人面前如此失態，看來她是真的傷心、真的心痛了！

他輕嘆了一聲，心想：自己的確對不起傅盈。她這麼大老遠從美國追過來，天不顧地不顧的，對自己一往情深，自己不僅沒讓她過安穩的日子，還讓她跟著落到了現在這樣的險境中，如何安心？

正要出聲安慰傅盈，卻瞧見對面魏曉晴睜著一雙俏眼盯著他，嘴裏想說的話頓時說不出來了！說出來，魏曉晴還不得又罵他肉麻了！

不過魏曉晴坐在背包上，雙手捧著臉蛋怔怔盯著他，眼神有點奇怪，沒有以前那種任性和活潑，以前要是見到周宣跟傅盈這個樣子，她肯定會說話嘲諷，但現在卻是瞧著他們靜靜地一聲不吭，眼睛反而有些濕潤。

傅盈抽泣了一陣，又說道：「你保證，現在保證還有什麼用？反正大家也沒指望能出去了，就那些吃人的蟲子在，誰還能出得去？」

周宣笑了笑，鬆開了傅盈，用手指指了指她臉上的淚水，淡淡道：

「都說天無絕人之路嘛。也不一定咱們就出不去，還有時間。我們來找找出路，也許就找到了呢！」

另一邊，除了藍山在等著秦教授翻譯出那些布片上的字，看能不能找出去的出口，其他人，包括楊光老教授都站在石棺材邊拿著裏面的珍寶瞧著，一臉的光彩。

這些人半點也沒想到以後的問題。周宣哼了哼，把所有的背包都拖到面前，然後把裏面

的食物飲水拿出來擺在一起，只剩下十四瓶礦泉水、七袋壓縮餅乾和四盒肉罐頭，其他的都掉在下面的石室中了。

這些物資只夠他們吃一天，還得很節省的用。一個人的挨餓時間可以達到一星期以上，但是沒有水的話，三天就能讓人脫水而死。

當然，在這麼深的地底下，曬不到陽光，或許能多撐兩天。但餓得半死不活的，又怎麼能有力氣走出這個鬼地方呢！

李金龍和王強兩個人最了解石棺材裏的珍寶的價值，他們很明白，這些珍寶在三千六百年前便存在了，再以前有多少年份那更是個未知數。

正圓形的珍珠叫「走盤珠」，珍珠與瑪瑙、水晶、玉石一起並稱我國古代傳統四寶。那些珍珠，其形正圓，大如乒乓球。現在的珍珠一是年份少，大顆粒少，二是人工養殖大批量化，三是野生珍珠的環境嚴重匱乏，天然的大珍珠已經很少了，更別說年份久遠的大珍珠了。

瞧石棺材裏這些珍珠，顆粒如此之大，年份久遠，拿出去都是無價之寶啊。那些珊瑚顏色深紅，都是寶石級的珊瑚，只是有點奇怪。在那麼久遠的年代，珊瑚這東西在亞洲一帶並不是很熱門。再瞧瞧那十幾粒雞蛋般大發著光的夜明珠，李金龍眼珠子都快掉出來了！

明珠難尋，夜明珠更是難上加難，一直以來，夜明珠都是傳說中的寶物，是珍寶中的珍寶，還有成堆的玉石、瑪瑙，雖然多，但件件都是珍貴之極的珍品，可不像菜市場中的菜，雖然多，但都不值錢，這石棺材裏的東西，隨便拿一樣就夠普通人過一輩子好生活了，更別說有這麼一大棺材！

周宣把食物飲水擺好後，李金龍那一群人仍在石棺材邊陶醉。秦曾卻是在背包裏拿了紙筆出來，畫著那些布片上的字。

藍山和魏海洪倆人則是在這個大石宮中到處搜尋著。

這大石宮高約十五米，周宣打算運用冰氣挨著一圈，再去探測一下出口。不過頂上太高，再也測不到頭頂上了，之前在下面石室中便是沒有想到頭頂，差點就全部人都餵了屍蟲。

周宣拿了兩瓶水遞給傅盈和魏曉晴，又拿了一瓶給受傷動不了的李權，說道：「這瓶水，你們自己保管好，也許就會救到你們的命！」

周宣說完，讓魏曉晴跟傅盈在一塊兒，有什麼事，傅盈也可以照顧一下她，自己便沿著石壁一步一步探測著看有沒有出路。

魏海洪和藍山兩個人分開兩邊，沿著大石宮仔細看著走了一圈，基本上沒看出什麼破綻來，回到原地後，秦曾抬起頭，伸了個懶腰，說道：

「這東西，終於弄出來了！」

藍山當即叫道：「你們都別看了，全部人都過來，開個會商議一下。」

李金龍那一幫人都互相瞧著，兩手空空的一起過來。

周宣也走了回來，對那個麻布片上的東西，他也很在意。

藍山沉著聲音道：「你們是不是都覺得發了大財了？我告訴你們，就算這整個石宮中全是珍寶，出不去也是白搭，瞧見沒有？」說著，指著周宣擺好的那一堆食物飲水。

「食物和飲水就只有那一點。我想你們都很清楚吧，這點東西能維持多久。」藍山冷冷哼了兩聲後，又道：「先聽聽秦教授翻譯那些麻布片上的文字，大家都看看有沒有線索。」

秦曾咳了咳，然後才拿著手譯過來的白紙，瞧著紙說道：

「咳咳，因爲沒有一點資料，我也只能憑著記憶，大致譯了個大意，有很多我也不確定，只是依著上下的句義湊著翻譯過來的。」

秦曾把大致意思說了出來，意思是：三千六百年前，子湯大將秋雲爲向子湯王祝壽獻寶，搜集了無數奇珍異寶，其中還有那天降奇異寶石，但異寶卻變成了大災，造成全城人死亡。子湯王以爲天降大禍，請奇人天機子測卦作法。

天機子言道：一切禍根都是出自那顆異石。又獻千年龜膠和天外黑石粉末，再調以其他異物製成一個袖珍小棺材，將天外異石置入袖珍棺材以內密封，可將危害控制在三米以內。再深藏於這千丈地底，便可以消除一場舉國大難！

秦曾說到這兒，藍山和周宣、魏海洪三人面面相覷！

這傳說果然是真的，但最危險的東西竟然就是那袖珍棺材，只不過是天機子用袖珍棺材將輻射擋住了，控制在三米以內。這時候想來，那天機子倒真是奇人，在幾千年前便可以有控制輻射的辦法。

輻射的危險已經解決了，他們卻是白白涉入了這深淵地底，陷入了另一場生命危險之中。

第六十章

陷入絕境

周宣明白眼前的絕境是多麼的艱難，
就算他身有冰氣異能，也沒有半分的把握能逃得出去，
歷險無數的他，也未曾經歷過像現在這種事情，
想想下面石室中那無窮無盡又恐怖的屍蟲，還有機會逃生麼？

李金龍一夥與王強兄弟這些人自然是不知道輻射這件事，他們只想到寶藏。寶藏是真的找到了，只要出去，就是發了大財。

子湯王之所以把這些珍寶全部下令埋入這深深的地底，那都是因為那塊異石惹發了驚天大災禍的原因，他也不敢要！天機子測到異石危險，卻是沒有測到自己的危險。

子湯王怕引起全國性的慌亂，便把知曉內情的天機子也活埋在這深淵地底中，天機子於是便在絕命之際寫下了這些布片，能不能有人看到，他倒是不曾考慮了。

後來袖珍棺材卻是給建造大石宮的總設計者李奉偷了出去，因為這東西顯得最珍貴，所以李奉便偷了這袖珍棺材才往地下洞窟逃去。

雖然給他找到了出口，但那深達千米的天坑也無法出去，又因為身受輻射的危害，於是便死在了那大洞窟中。只是他無論如何也想不到，他這個舉動竟把他的後世子孫李新原一家子全部害死了，而另一系子孫也正落在這洞底，能不能活著出去都是未知數。

其他人都是聽得迷迷糊糊的。當然，藍山和周宣、魏海洪這三個明白人是不會說出來的，說出來也只會更添恐慌和引發大家的狂暴情緒。

藍山嘆了口氣，說道：「現在大家都聽明白了？這麻布片上說的不是出口，也就是說，除了來的那條路，就沒有另外的出路了。大家商量一下吧，說說要怎麼辦？」

「這個，」李金龍沉吟了一下，然後道：「我們還是先把珍寶分了吧，然後再來找出口，有了財寶，大家心裏總是踏實一些。」

李金龍望著藍山猶豫了一下，才又說道：「再說，這也是你曾經答應過我們的條件。」

藍山與周宣對望了一下，有些無語，這些人根本就沒想到目前的現狀，只是沉迷在找到寶藏的興奮中。人啊，為了金錢那真是連命都可不要！但他們可又曾想過，命都沒有了，還要財寶又有什麼用？

如果是在外面，或者以前，藍山也許就會毫不留情的做了他，但現在他忽然有些淡然，一點也提不起精神，縱然是身經百戰、歷險無數的他，也未曾經歷過像現在這種事情，想想下面石室中那無窮無盡又恐怖的屍蟲，還有機會逃生麼？

周宣不是說不喜歡珍寶財物，但他更明白眼前的絕境是多麼的艱難，就算他身有冰氣異能，也沒有半分的把握能逃得出去，更何況他還有傅盈、魏海洪和魏曉晴這幾個牽絆，不管怎麼樣，他也不可能扔了他們幾個人獨自逃出去！

下來的十六個人中，死了兩個，李金龍分得很公平，擺在地板上，分了十四份。其他的都好分，就是夜明珠只有十顆，想了想，如果兩個老教授和傅盈、魏曉晴這兩個女孩子不分，就剛剛好。

楊光和秦曾到底是讀書人，也不反對，主要是瞧著李金龍他們幾個十分壯實，人又多，不是善類，也不敢出聲反對。

藍山無心理會他們，要是動武的話，他跟李勇、方建軍三個人可是有槍在身的，諒李金龍他們也沒那個膽量。再說李權受了傷，能動手的就他跟王大貴兩個，就憑李勇和方建軍隨便一個人也可以對付了。剩下那王強、王勝兄弟也不足慮，王勝也受了傷，腿傷還頗嚴重，其他人就更沒有威脅了，兩個老教授顯然不足慮，周宣和魏海洪基本上不會對他不利，局面絕對控制得住，但瞧瞧李勇和方建軍倆人，表情是按捺不住的喜悅！

嘆息了一下，畢竟在一起共事，這兩個人對他是絕對的忠心，但在這樣的巨額珍寶面前，也無法不心動。不管怎麼樣，出得去再說吧，人都是有七情六欲的，在各種誘惑面前都有難抵禦的一面。

傅盈和魏曉晴兩個女孩子自然也不會爲了一顆明珠去爭執，況且，她們兩個的心思根本就沒放在這些珍寶上面。

分好珍寶財物後，李金龍幾個人用背包裝了，背在背上，然後各自分散在大石宮殿中尋找出路。

結果仍是枉然。兩個小時後，大家都轉回來聚集在一起，又累又餓了，周宣把食物和水一一分發下去，每個人得到的都僅僅夠吃一頓。

吃過難以下嚥的壓縮餅乾後，一瓶礦泉水也喝得只剩下一點點，只有傅盈和魏曉晴兩個女孩子吃喝得少些，還剩了一半下來。

休息了十分鐘，藍山把人分成了三個組，李金龍、王大貴、王強、楊光四個人一組，周宣、魏曉晴、傅盈、魏海洪四個人一組，他自己跟李勇、方建軍、秦曾四個人一組，將大石宮殿中的區域分成三段，每個組一段，然後各自詳細查找牆壁和地板，敲敲打打以找尋其他出口。

李權和王勝兩個傷者就躺在原地休息，他們旁邊還有一具死屍。王大貴瞧著不舒服，就把他拖到大石棺材後面擋住了，看不見心裏才好些。

珍寶也分了，這些人現在唯一的想法，便是想辦法快點出去，如果出不去，那這些珍寶也就白找了。

李金龍和王強以及他侄女婿王大貴三個人都是幹盜墓營生的，對地洞隱秘通道最是懂行，仔仔細細搜尋了幾個小時後，卻沉著臉結束了搜尋。在他們那一個段落，並沒有任何出口。

藍山那一組，雖然對機關掘洞等經驗不如李金龍這一組，但他跟李勇和方建軍等人都是受過極嚴格訓練的軍隊精英，仔細檢查下來並不比李金龍他們差多少。

在他們兩組看來，經驗最差的就是周宣這一組了，魏海洪一看就是個養尊處優的人，另外兩個女孩子能有什麼作用？他們自然是不知道，周宣的冰氣異能比他們任何的經驗都要實

用，雖然有損耗，但仍比用肉眼來得管用。

周宣又到藍山那一組的區域慢慢測探一次，最後又到李金龍那一組的區域，幾個小時下來，全都一無所獲。

有吃有喝的時候不覺得，糧食短缺的時候，就老覺得肚裏空虛，想要吃喝，一個個都心裏發慌。

所有人的食物都吃完了，就魏曉晴和傅盈還剩了一小半。

王大貴首先就把目光瞄向了魏曉晴，又瞧了瞧藍山那幾個人，見他們都是沉著臉不出聲，忍不住便走到魏曉晴身邊，伸手道：「拿來。」

魏曉晴問道：「什麼？」

「水，餅乾。」王大貴毫不掩飾地說著。

「不給！」魏曉晴哼了哼，道：「人人都是一樣的，憑什麼我要給你？」

王大貴臉上肌肉有些顫動，道：「你一個女孩子，又沒出力，憑什麼跟我們一樣，還有你。」又指著傅盈道：「把食物和水都拿出來！」

傅盈冷冷道：「滾開些。」

此時，魏海洪跟周宣正在前邊的區域搜索著出口，雖然渺茫，但仍然在努力。周宣聽到傅盈的說話聲，瞧了瞧，趕緊便大步跑過來，魏海洪也跟了過來。

王大貴臉色一變，隨即伸手就搶，傅盈把魏曉晴一把拉到身後，然後伸腿一踢，王大貴沒料到傅盈踢腳那麼快，一個沒閃躲開，竟然給踢得倒地，打了兩個滾。

王大貴一骨碌爬起來，衝著傅盈又奔過來，邊跑邊罵：「你這娘們兒找死！老子好說你不聽，老子就給你來粗的！」

他可是半點也沒想到，剛剛傅盈怎麼一腳就把他給踢翻了，還以爲是自己不注意，腳沒站穩而已。

王大貴還沒走到傅盈面前，周宣便迅速衝了過來，手伸到腰間，把電擊槍抽出來對著王大貴就一下。王大貴給周宣這一下高壓電擊得彈到後面兩三米，滾倒在地直抽搐。

這電壓太強，王大貴給電得白沫直吐，兩眼翻白。李金龍一驚，趕緊跑過去把王大貴扶起來，不過，王大貴根本沒有力氣坐起來，身體給電得沒有一點力氣。

周宣這高壓電槍電一下，能讓人起碼有十來分鐘失去動彈的能力。

李金龍衝著周宣沉聲道：「你，你這是幹什麼？」不過見到藍山一直對周宣很看重的樣子，還沒跟周宣撕破臉皮。

周宣冷著臉回答道：「幹什麼你不很清楚嗎？食物和水都是按人平分的，這且不說，這王大貴竟然來搶我的女人，我豈能讓他欺負？」

一句「我的女人豈能讓他欺負」，讓在周宣背後的傅盈聽了，心裏又甜蜜又舒暢，忍不

住露出了微微笑意。

周宣還不算太狠辣，如果直接將王大貴的身體器官轉化成黃金，他還有命麼？怎麼死的都不知道！

魏曉晴在這時候，忽然覺得土裏土氣的周宣有點可愛了，至少他敢在看起來兇狠的人面前保護他的女人！

李金龍舔了舔有些乾裂的嘴唇，瞧了瞧其他人，見都是把眼光投向了傅盈和魏曉晴兩個女孩子手中的礦泉水瓶子，頓時膽子壯了些，少數人畢竟是對付不了大多數人的。

李金龍把王大貴扶著躺倒在石地板上，然後攤著手說：「小周，現在這種情況，你也不是不明白，大家都要保命，只要保住命，才能有機會找到出口，這個道理我想你明白吧？」

「我不管任何道理，我只知道，」周宣低沉沉地說著，「任何人都不能強迫她們兩個女孩子！」

李金龍瞧著周宣面色陰沉，手中的電擊槍對著自己，心裏也是有些忌憚，但他是個老油條老江湖，心思轉得極快，馬上又對著其他人一攤手道：「大家說說，你們認爲應該不應該把水和食物分了？」

這時，就算是藍山也沒有出聲。他倒不是想幫著李金龍一夥，但在這種情況下，這麼多人都盯著兩個女孩子手中的食物和水，一個不好，便會引發騷亂。

傅盈在周宣的背後走出來，冷冷道：「爲一點壓縮餅乾就跟你們鬥個你死我活，實在不是我的風格，不過看在我男友的面上，我這一半就分給你們，另一半先留著，能不能活著走出這個鬼地方，那就看天命了！」說完，把自己手裏的壓縮餅乾和水扔了過去。

李金龍把餅乾接住了，瞧了瞧眾人，然後把餅乾分成了幾瓣，自己、王大貴、王強、藍山、李勇、方建軍六人一人一份，水也是拿著空瓶子一人倒了一口。

兩個傷者，王勝和他的親侄子李權都沒有份。用李金龍的話說：「你們傷了，躺著就行，不用費力，食物讓他們能活動的吃喝了，好有力氣找出路。」

兩個老教授直接被無視了！現在這個局面下，知識顯然已經不管用了，只有拳頭和力量說了算。

周宣這邊雖然力量不是很強，但他手中有一支強力電擊槍，這個東西還是很有威懾力的。再說，李金龍他們給周宣面子的原因，主要還是藍山對他和魏海洪倆人比較特別，處處維護的樣子，不管怎麼樣，李金龍還是不敢直接跟藍山對著幹的。

李金龍還知道，藍山三個人手中是有武器的，把他一槍崩了也只是小事一樁。

魏曉晴怕他們再來搶食物和水，就趕緊把食物拿出來分了，把水遞給魏海洪道：「小叔，你跟周宣喝點吧，你們兩個人要出力，損耗大。」

魏海洪把她的手推了回去，道：「我不渴，你們幾個喝吧。」說不渴，周宣又不是瞧不

見他那嘴唇都乾裂了開來！

傅盈也不肯，周宣急了，拿過餅乾就分成了四份，一人遞了一份，說道：「你們都推來推去的，留著好讓別人再來搶麼？吃！」說著往嘴裏塞了進去。

其實大家都明白周宣說得有道理，這些東西留下來的話，自己挨了餓不說，反而還會引起別人爭奪之心。

見周宣發了怒，大家也都默默把餅乾吃了，水也分來喝了。到這時，所有的食物和水都被吃喝了個乾淨。

然後，藍山又把強光燈搜集在一起，一共有十五支，這個倒是沒怎麼丟失，因爲都拿在手中的。

藍山把強光燈關掉了十二支，依然把人分成了三個小組，一組發了一支強光燈，剩下的放著備用，否則電源用盡的時候，那就什麼也看不到了，沒有光的話，就算他們人沒死，那也只有等死了！

雖然珍寶中有十二顆夜明珠，但那夜明珠需要有光源採光才能放射出光來，等到用盡放射光之後，夜明珠就會沒有發光能力了。

十二個人分開三組又再仔細地搜索起來，又幾個小時過後，十二個人無不是垂頭喪氣地返回休息的地方，依然沒有找到另外的出口。

這次的又累又渴又餓可就沒得說了，大家都沒了食物和飲水。爲了節省電源，睡覺的時候就把全部強光燈關掉，又爲了防備意外發生，大家睡覺的時候圍成一個圓圈。

周宣和魏海洪一前一後的把傅盈、魏曉晴兩個擠在中間，魏曉晴緊挨著傅盈，傅盈則緊緊依偎在周宣的懷中。

周宣在睡著之前一直默默練著冰氣，讓冰氣運轉全身，一邊練功一邊注意著四周，雖然黑漆漆的，伸手不見五指，但十四個人中，唯獨他腦子中是亮堂堂的，冰氣過處，他身周近十米以內的範圍都在腦子中顯現。

而冰氣恢復的同時，也在恢復他的體力。周宣又暗暗將冰氣運到傅盈，魏曉晴、魏海洪三個人身上，偷偷恢復著他們三個人的體力，不過他們三個人實在是太疲勞了，都在睡夢之中，沒有絲毫的覺察。

其實，就算沒有在睡夢中，他們也是發覺不到的。周宣只是用冰氣激發和恢復他們的體力，除了覺得很舒適外，他們也沒有別的感受。

雖然都很疲勞，但睡了不到六個小時，大多數人都醒了過來，眼前的絕境讓他們毛躁，忍不住又紛紛起身到處搜索。

周宣幾乎是運冰氣在整個大石宮中到處查了個遍，除了高高在上的頂端，因爲搆不著，其他地方幾乎都查過了，沒有出口。

很無奈，時間一長，睡覺的睡覺，到處查探的也不用分組也不用催促，想去就去，這樣的日子過了至少兩天，十四個人都餓得受不了了。

周宣四個人雖然有冰氣在時時幫助恢復，但冰氣畢竟不是真正的飲食，再怎麼弄，也不能當飯吃，不能當水喝。

周宣在睡覺中時還是很警覺，到第四天的時候，周宣在黑暗中聽到一絲響動，當即用冰氣一探，腦中便見到李金龍和王大貴倆人偷偷起身摸到那大棺材處。

周宣很奇怪，大石棺材裏的珍寶都給分乾淨了，他們還偷偷跑到那兒幹什麼？難道是還私藏了珍寶？應該是不可能，這個時候珍寶又有什麼用？就算把全部的珍寶都給他，那也救不了他們的命。

這時候，珍寶已經不能佔據著大家的心思了，也只有這個時候，珍寶才讓他們覺得沒有那麼重要，如果有人拿食物飲料讓他們換珠寶，那他們也是肯的。這跟身陷在沙漠中快死的人忽然見到了水源一樣，要他們拿什麼東西交換都是可以的。

周宣的冰氣探測不了那麼遠。大石棺材離他們的距離超過了十米，這時，周宣的冰氣也已經測不到了。

周宣輕輕鬆開傅盈的手，想偷偷去看他們兩個在幹什麼，但只是輕輕一動，傅盈便醒了過來。周宣便悄悄在傅盈耳邊極低聲說道：

「盈盈，李金龍他們偷偷溜到大石棺材那邊去了，沒開燈，我去瞧瞧他們在幹什麼，你別動，就睡在這兒。」

傅盈握著他的手不放鬆，靜悄悄跟著坐起身，然後偎在他懷中，附著耳悄悄道：「我跟你一起去！」

周宣無奈，不過想想也沒什麼，就帶著她悄悄摸索過去。摸到離大石棺只有五六米的時候，周宣便瞧見李金龍和王大貴正在拿刀割著那名幹警屍體上的肉，然後放到嘴裏吃。

這個情景讓周宣傻了一下，隨即有些毛骨悚然的感覺，當即拉著傅盈悄悄溜回來，等到躺下後，傅盈才悄悄問他：「他們在幹什麼？」

周宣也悄悄地說著：「不知道，可能是方便吧。」

吃屍體這類的事，最好不告訴傅盈吧。

傅盈覺察到周宣的心跳有些不正常，猜想周宣是看到了其他的事情，好像很恐懼的樣子，但他不說，傅盈也只好不再問。

過了十來分鐘，周宣又覺察到李金龍和王大貴偷偷溜回來，而且手中還拿了些割成細條狀的肉條，偷偷塞給李權。

李權早餓得只剩下半條命，哪管什麼肉，接過來便塞進嘴裏吃著。周宣趕緊將傅盈摟著

不讓她聽見，腦中卻見到旁邊的王強打開了強光燈照著李權。

周宣更清楚的見到，李權和李金龍、王大貴嘴邊都是血跡斑斑，那樣子便有如吸血鬼一般，恐怖無比。

王強呆了呆，隨即明白他們是在幹什麼，呆愣了片刻，然後關了燈，又坐了一會兒，終於忍不住也偷偷溜了過去。

接下來，周宣又見到李勇、方建軍、楊光、秦曾也都溜了過去，雖然沒開燈，但那窸窸窣窣的聲音卻能聽到，以至於後來，大家嘴裏咀嚼的聲音變得很響，甚至是肆無忌憚地吃起來。

周宣無法形容此刻心中的感受，但也無法阻止。為了生存到最後一秒，人做出跟禽獸一樣的事也是有可能的。

不過，周宣可不想躍過這條底線，即使是死，也不至於這般不堪。同樣的，魏海洪和藍山兩個也在堅持著，努力抗拒著自己吃人肉的衝動。

把手裏的最後一塊人肉吃完後，李金龍倏然開了一個強光燈，然後走到下面有石室的那個位置，瞧了瞧眾人，沉聲說道：

「我決定了，要從這條來路回去，也許那些屍蟲沒有吃的，已經跑到別處去了。現在，我們只有這一條路，也是我們唯一的生路，你們有誰要一起走的？」

雖然害怕屍蟲的兇悍，但卻更害怕在這大石宮殿中慢慢等死！

周宣沒有做聲，自然傅盈、魏曉晴、魏海洪也都沒回應。

準備出去的有王大貴、王強、兩個老教授，兩個受傷的人是跟他們一起的，甚至李勇和方建軍倆人也有想拼一拼的念頭。

李金龍深深吸了幾口氣，然後彎腰扳著那塊石板。

其他人都打開了強光燈照著他，提了鏟子等工具準備著。

李金龍嘿的一下，用力把那石板搬開，洞口下沒有屍蟲跑出來。周圍的人也都跑攏去，用燈照著洞口，探頭瞧著下面，洞口擠不了那麼多人，只能容納兩三個人探頭看下去。

李金龍首先把燈伸下去，瞧了瞧，搖搖頭說：「石室中沒有屍蟲！」說完，把燈從洞口中放下去，然後把頭伸到洞口裏去打探整個石室。

石室中除了之前燒衣服留下的一堆灰燼外，什麼也沒有。

李金龍又把耳朵側在洞口邊仔細地聽了一陣，確定沒有任何聲音後，這才抬起頭來說：「沒有響動，沒有吃的，那些屍蟲已經不見了！」

把行李收拾好後，背起那一包珍寶，李金龍又問道：「只有這一條路，我要闖一闖。你們有哪些人要一起的？」

在這兒實在是餓得渴得難受，便是個死，也想闖一闖了，當即一大部分人都把包背了起

來。

周宣把冰氣探入下面的石室，沒有探到什麼，冰氣也搆不到太遠，但卻莫名覺到一種威脅，忍不住說道：「不能下去！」

李金龍一擰頭，道：「在這裏待著也是餓死，渴死，下去還有機會衝過去，回到洞底下逃命，在這兒守著，你能怎樣？」

當然是不能怎樣，但周宣確切地察覺到了危險，一時間也說不出別的話來。

不過，魏海洪、魏曉晴、藍山這幾個人卻都相信周宣的直覺，猶豫了一下，便決定不跟著一起走。

傅盈自然是什麼都不管，周宣去哪兒她就會去哪兒，周宣留下來她也就會留下來。

兩個老教授也決定要走，留在這兒是沒人權的，甚至連吃喝都沒給他兩個，跟著往回路闖是正經的。

李勇和方建軍倆人商量了一下，決定由方建軍跟著出去搬救兵，李勇留下來守護藍山。

另外兩個受傷的李權和王勝也決定要走，李權由妹夫王大貴負責，王勝則由他哥哥王強背著。

周宣阻止不了，也只能幫忙將他們一個個送下去。李金龍、王強先下去，然後王大貴跟李勇幾個人幫忙把王勝和李權扶著放下去，秦曾、楊光、方建軍、王大貴接著下去。

等他們都下去後，周宣拿著強光燈照著石室下面，在他腦子裏總是有一種不祥的預感。

王強扶著王勝，王大貴扶著李權，李金龍和方建軍在前邊，兩個老教授在後面，提著燈往通道裏過去。

周宣憂心忡忡地瞧著石室裏面，雖然這些人跟他不沾親不帶故，但眼睜睜看著他們落在危險中，那種滋味也是不好受的。不過說起來，也確實沒有其他的辦法，在這裏守著幾乎也是等死，走的話，也許還算是一種逃生，不走卻真是沒有任何的機會。

周宣把冰氣傳到地下石室中，盡可能延伸到通道裏的最遠處，這個時候，他倒是真心希望他們能逃出去，或許洞外的人能想出什麼辦法來。不過想了想那些屍蟲的厲害，又不禁暗暗搖頭，這些屍蟲最可怕的地方便在於太多，好像無窮無盡一般，沒個盡頭。

周宣正在這樣想著的時候，冰氣忽然有點感應，神經都緊張了一下，當即趕緊把冰氣全力運起。

在通道中，果然見到方建軍和李金龍正迅速往石室中奔跑，接著便聽到通道裏傳來呼救聲：

「救命啊！三叔！三……」

接下來聲音便斷了，然後又是王勝和兩個老教授的聲音。

呼救的聲音很混雜，此起彼伏的，極爲淒厲。周宣趕緊把燈照著石室裏，果然，首先跑

回石室裏的就是李金龍、王強、方建軍三個人，跟在他們身後的是黑壓壓的屍蟲。

方建軍動作特別敏捷，竄到石室中間便往上一躍，李勇和周宣兩個人手一伸便抓住了他的手，倆人一齊用力把他往上提，但就在這時，方建軍的身子一沉，李勇和周宣都沒能拉住他。

方建軍被在下面的王強躍起抱住了腰，兩個人的重量讓周宣和李勇猝不及防，一個沒抓住，兩個人便一起跌落在地，迅即給鋪天蓋地的屍蟲掩埋了。

李勇大聲叫了一下：「建軍，快起來！」

另外躍起的是李金龍，李勇和周宣拉著他的手提了上來。

再急急瞧著石室中時，方建軍和王強在屍蟲中翻滾撲騰，伸出來的手腳都是血淋淋的，幾可見森森白骨，不到二十秒，就再也沒了動靜。

那些屍蟲傳來沙沙的聲音，又往牆壁上爬上來，瞧著來路，正是周宣他們這個洞口。周宣嘆息了一聲，然後將石蓋拉回原處，沒有一絲縫隙留下來。

李金龍有些發愣發傻。是他提議要出去搏一下，拼一把的，但最終還是失敗了，損失的是七條命！

李金龍默然坐著，剛剛還活蹦亂跳的幾個人，現在就只剩下他一個人，另外七個人全部變成了一堆白骨。

周宣也沒有任何的安慰話可說，大家心裏都明白，還能安慰什麼?左右都是個死，只是死也不想死得那麼噁心，那麼難看。但往往任何事都是身不由己的，由不得你選擇。

魏曉晴輕輕拉了拉傅盈的衣襟，紅著臉搖了搖，周宣以爲她餓了，也沒有什麼話可勸。吃的喝的也用盡了。把強光燈熄滅了，只留下一支亮著。

卻見傅盈也紅了臉站起身來，周宣立即明白了，原來是要方便，想了想，指了指那大石棺材後面。

魏曉晴拉著傅盈一起站起身，傅盈雖然也臉紅，倒是陪著她一起過去了。

走到大石棺材處後，傅盈便把強光燈熄滅了，大石宮殿中頓時漆黑一片，什麼都看不到了。

周宣淡淡一笑，彎腰坐下來，剛一坐下就聽見了魏曉晴一聲大叫，聲音中充滿了無限的恐懼！

周宣反射動作般一下子彈起身來，叫道：「什麼事?」邊叫邊往大石棺材邊跑去。

當周宣跑近大石棺材時，傅盈已經打開了強光燈的開關。

周宣見魏曉晴哆嗦著彎腰站在石棺後，還提著褲子，裸露出白得有些晃眼的大腿。魏曉晴身後是那具幹警的屍體，給李金龍他們割來吃了不少肉，現在的樣子極是恐怖。

傅盈趕緊閃到倆人中間擋住了，魏曉晴這才慌張地提起了褲子。

只是受了點驚嚇，倒也不是真出了什麼事。周宣鬆了一口氣，緊張的時候冰氣就探了出去，正要收回身體來時，周宣忽然覺察到大石棺材中有古怪，怔了一怔。

周宣當即靠近棺材，把手按在上面，冰氣異能運出，當探到大石棺材下面時，周宣忍不住又驚又喜！

第六十一章

最難的選擇

周宣略微估計，這位置離外面的地表面應該不會太遠，
而坑裏的地下水流極有可能會流出到地表外，
只是就這樣下去跟著這地下水流走的話，
搞不好就是進入到更深的地下陰河中，那他們就算完了！

傅盈把手指伸到周宣面前搖了搖，嗔道：「有那麼好看嗎？發癡了？」

對傅盈的嬌嗔，周宣腦子裏根本就沒有反應過來，怔道：「什麼好看？」

傅盈哼了哼，側臉瞧了瞧魏曉晴，魏曉晴早紅了臉拉好了褲子，傅盈話裏的意思，她可是明白，只是剛才實在是給嚇壞了。

那具屍體她是早知道的，但無論如何也想不到會變得那麼可怕。

周宣的心思根本就沒放在這上面，也沒有去想傅盈的心思，醒悟過來後，趕緊向李金龍和藍山直招手：「你們快過來，快過來！」

藍山、李勇、魏海洪三個人見周宣表情激動，也不知道發生了什麼事，趕緊都奔了過來。

周宣指著大石棺材裏面，喘了喘氣才說道：「這裏面，這裏面有！」

李金龍拿著強光燈照著裏面，瞧了瞧道：「有啥啊，珍寶都分完了！」

「下面有！」周宣努力鎮定了一下才說，「大石棺材下面有通道！」

這話讓所有人都怔了一下！

隨即幾個人都瞧著石棺材下面，仔細看了看卻都沒有發現什麼通道，連痕跡都沒看出來半分。

「有通道？」

周宣對李金龍道：「把你的鏟子給我！」

李金龍心裏雖然奇怪，但還是將鏟子遞了給他。

周宣拿著鏟子瞧了瞧，然後在中間的一個位置用力一鏟，火星都閃了出來，碎石飛了出來。不過棺材底卻沒有破開，周宣的手也給震得直發麻。

周宣剛剛用冰氣探測到，石棺材下面就是一個一米見方的通道，但入口剛剛好是在石棺材裏面，這棺材是一塊大石打造出來的，與下面的地板也是連接在一起的，做得很是巧妙。

周宣到處都測到了，但就是漏掉了這個大石棺材，的確是出乎他的意料。

李金龍搶過鏟子道：「我來！」

周宣雖然有異能，但真正的力氣卻並不大，也沒有經驗，冰氣測到了大石棺材與下面的通道只相距了十公分不到的厚度，但他沒有石匠的功力，拿著鋼鏟也敲不開。

李金龍可就有經驗得多了，他幹的就是盜墓掘洞的活兒，往哪兒使力，哪個角度可以省力，哪裡是最佳位置，他都清楚得很，接過了鏟子後，就對著周宣剛剛鏟過的地方鏟下去。

說實話，鏟子可不是對付石頭的好工具，但這個地方也沒有別的工具，只能將就，不過李金龍確實是老經驗的好手，一鏟下去，看起來似乎沒有周宣的力氣大，也沒閃出什麼火星來，但石棺材底部就現出了一條破裂的痕跡來。

李金龍心裏一喜，這個樣子就表明，這大石棺下面是空心的，石棺底部也很薄！

李金龍沉沉吐一口氣，嘿的一聲，雙手握著鋼鏟用力再一鏟，「噹」的一聲，鏟子都捲了過來，棺材底終於裂開了，露出一個黑深深的洞口來。藍山和魏海洪都是又驚又喜，趕緊將燈照住了洞口。

李金龍再站近了些位置，提著鏟子再在旁邊敲打修理，穿了孔破開的地方也就容易弄多了，沒幾分鐘，李金龍就弄了個四五十公分左右的口子出來，可以容納一個人進出。

通道口雖然出來了，但誰也不敢肯定這下面就一定是逃生的地道，不過有希望總是讓人興奮一些。

把洞口弄得好一些後，李金龍再站到棺材裏面伏下身子，把燈照著洞口裏面，才抬起頭說道：「是通道沒錯，但不知道通到哪裡，也不知道有沒有危險！」

「有沒有，現在都得下去探一下！」周宣淡淡道。

這話說的也是事實，其實不用他說，李金龍他們也都會拿這條通道當救命的希望。

周宣早運起了冰氣往洞裏探測下去，但往下探了五六米，依然是個小通道，而此時，他的冰氣損耗太多，探測不了更遠的地方。

藍山拿起強光燈照著，伏在棺材底瞧了瞧，說道：「這個洞有七八米深，洞底的右邊好像是有別的去處。」

李金龍把他的背包拿下來，打開拉鏈，取出一圍尼龍繩出來，繩子不長，瞧這一圈也就最多只有二十米長。

藍山瞧了瞧周圍幾個人，其實也就剩下他們七個人了，想了想才說：「大家準備一下吧，誰留在上面，誰下去探路？」

魏海洪當即道：「曉晴和傅盈兩個女孩子在上面留守，我們五個男人探路！」

傅盈不同意，直接便說了出來：「不管在上面還是下面，我都要跟周宣在一起，隨便你們怎麼分！」

藍山沉吟了一下，然後道：「我看這樣吧，這上面也是個死地，待在上面與下面沒區別，但我們現在把希望放在了這個洞裏，就不如全部都去吧，如果是個活路，那大家就都出去了，如果是個死路，那大家只當是在這石宮中餓死了吧！」

的確也是，反正也差不多是絕境，找不到出口，沒吃沒喝的，再兩三天便也要了他們的命！

李金龍把繩子繞著石棺材纏繞了一圈，然後打了個結，把另一頭丟進了洞裏，有些遲疑地問道：「誰先下去？」

李金龍不想走在最前頭，這是很明顯的表情，周宣心想，自己也不能把洪哥和盈盈、曉晴推到前面吧，自己有冰氣護身，有什麼危險還可以防一下，要是他在前面也擋不住的時候，那後面的人也不用說了。

於是，周宣走上前一步踏進石棺中，淡淡道：「我先下去吧。」

傅盈自然也是跟了上前，周宣要先下去，她也不勸阻，反正她都跟在一起，誰上下也沒分別。

魏海洪把強光燈遞給周宣，伸手拍了拍他肩膀，沒說什麼話，這時候，已不需要用言語表達了。

周宣撕了一條衣襟，穿過強光燈的提把，繫在腰間皮帶上，雙手抓緊繩子，慢慢往洞底下滑下去。

洞口比一個人的身體略寬些。周宣在往下滑的時候，早運起了冰氣探測著前方，在這個洞口的底部，右邊的洞有一米五六的高度。

周宣把強光燈照著這個洞前方，洞很深，周宣的冰氣測不到這麼遠，瞧了瞧上面，傅盈也滑了下來，周宣扶著她的腰，讓她慢慢落到底下，接著是魏曉晴下來。

周宣在前邊走了幾步，傅盈和魏曉晴跟了進去，後面下來的人才有位置。

等後面的幾個人全部下來後，周宣才往前面走，這個通道有些不太平順。一開始的幾十米還是石板通道，走了十來分鐘後，石板砌成的人工路沒了，再接下來，竟然是一條天然的石洞，洞漸漸寬敞起來，石洞的方向也漸漸向上。

再走了半個小時，似乎是沿著一個山坡往上的地勢，山洞可以容納三四個人並排行走，地勢也越來越高，簡直就跟爬山一樣。

大家累得都在喘氣的時候，周宣見魏曉晴最累，便道：「大家歇歇吧，這洞口也不知道通到哪裡，歇歇再走吧。」

又累又餓又渴的，李金龍和李勇、藍山、魏海洪幾個人也都好不了多少，周宣一說，大家也都停了下來休息。

藍山拿著強光燈照了照前面，坡度也越來越陡，但是洞卻好像沒有盡頭，也不知道這個洞還有多深，也不知道這個洞能不能走出去。

李金龍歇了一會兒，忽然懊悔起來：「可惜了那些財寶，每一份都是價值連城啊！」

周宣嘿嘿一聲，這個李金龍倒真是要錢不要命的傢伙，那些珍寶落在了通道中，他還想著那些東西。

兩個侄子、一個侄女婿都死在了這個洞底，但此時，李金龍心中想得更強烈的反而是那些丟散在屍毒蟲陣裏的珍寶。

平時累了，歇一陣便會覺得力氣恢復，但現在越歇越覺得難受，太餓太渴，恨不得把石頭都扳下來啃幾口。李金龍忍不住又把背包裏的珍寶拿出來仔細看著，瞧著，只有在這個時候，他才似乎忘記了身體的疲乏和饑渴。

周宣嘆了嘆，又搖了搖頭，握著傅盈的手緊了緊，在最危險的境地中，有最愛的人在身

邊，那才是最好的感覺，只有愛你和你愛的人在一起，才能給你無窮無盡的力量。得到的再多，如果是要拿親人的命來換，這樣的財富得來也不安。

藍山瞧了瞧表，站起身說道：「好了，大家起身接著走吧，趁著還有最後一點體力，能走多遠就走多遠，或許就在下個一百米處便是出口了呢！」

藍山這話確實有很大的誘惑，走了這麼久，這條路還沒有到盡頭，還有走的。也真說不一定，在下一個地方便是通往外界的出口，總之，這是唯一的希望。

魏曉晴身體最弱，餓了幾天，又強忍著走了這麼遠的路，快暈倒了，大家都站起身後，她卻是扶著牆壁動了幾下沒有站起來。

周宣伸手拉了一下，冰氣探入魏曉晴體內，魏曉晴的體力已經損耗到了極點。她可不能跟傅盈相比，傅盈是練過武的，從小就嚴格要求自己，身體的忍耐性絕不比一個強壯的男人差。魏海洪比魏曉晴略好，但也只是好一丁點。

周宣咬著唇，這個時候，不可能指望別人來幫魏曉晴，在最危急的時候，李金龍他們甚至連最親的人都可以拋出去，又何況是素不相識的魏曉晴？

周宣瞧著傅盈，傅盈明白他的意思，在這個時候，周宣是不會扔下魏曉晴和魏海洪兩個人的，逃不出去大家就都死一塊兒，逃得出去的話，那也得幾個人一起。

傅盈點了點頭，沒有說話，彎腰扶起魏曉晴，魏曉晴實在是連一步都邁不動了。

周宣蹲下身子將她背在了背上，傅盈在後邊扶著，一步一步艱難地往前走著。

這個時候，李金龍和李勇、藍山三個人走得快些，遠遠走在了前面，逃生的念頭越來越強烈。

周宣也是靠著冰氣在支撐著，其實也已經快撐不下去了，但他心裏明白，如果這時候不撐住，放下魏曉晴，那她恐怕就要死在這裏了，所以他咬著牙，盡著最後一絲力氣，每走一步，牙齒便咬得更緊，到後來，汗水流得滿臉都是，牙齒幾乎將下唇咬得出血。

傅盈很心痛，但她知道，在這個時候如果放下魏曉晴的話，那幾乎就是要將她丟在這兒自生自滅了，如何能下這個狠心？

洞寬敞了起來，周宣在魏海洪和傅盈扶著撐持下走了上來，卻發現藍山、李金龍、李勇三個人都在這兒發著呆。

周宣喘著氣，傅盈拿著強光燈照著邊上，沿著洞壁打了一個轉，周宣也跟著轉了一圈，這裏再也沒有了去路，除了剛剛上來的這個洞，這兒就是一個數十平方的空間，前面三個方向和頭頂都再沒有去路。

周宣這才慢慢將魏曉晴放下地來，魏海洪也坐下來喘氣歇著。

周宣沒有心思歇氣，趕緊走到藍山他們身邊，卻見他們三個人都是低頭瞧著面前的地

下。

周宣跟著望過去，也不禁愣了愣！在他們三個人面前，有一個兩米直徑左右的坑洞，除了這個坑洞，其他方向再無去路。

周宣把強光燈伸到洞口往下一照，洞裏深六七米，底下是一汪深藍色的水潭，水是活水，聽得到水流的聲音。難怪藍山他們三個人都呆住了，滿懷著希望跑到這兒來，卻還是一條絕路！

除了周宣和傅盈有水下的經驗，其他人都沒有，在陰森危險的地底洞中，藍山、李金龍、李勇他們寧願在洞中待著，也不想踏進這樣的地下陰河中。太可怕了！

繩子也沒有了，周宣運起冰氣往下探，要是在他最佳狀態的時候，冰氣探測的距離最遠可以達到十五米，但現在連七八米都很困難，而這個坑洞到水面的距離都已經有六七米高度了，周宣的冰氣探到水下一米處便無法再探下去，水深和前後的流向環境也探不出來。

想了想，周宣便對藍山、李勇他們三個人說道：

「藍山，我想瞧瞧洞下面的情況，但沒有繩子，你們幾個人抓著我的腳把我放下去，我看看情況。」

傅盈一驚，道：「不行，現在大家都是有氣無力的，要是失手，你掉下去了怎麼辦？」

「別擔心。」周宣倒不是想逞英雄，但現在，只有他有這個能力，如果他都不能辦得到的事，又怎麼能靠其他人來做？不找到出口，大家一樣都沒命，甚至連走回那個大石棺的勇氣都沒有了！

「藍山，你們有四五個人，兩個人抓我一隻腳，我想，應該撐得過來吧！」周宣望著他們幾個問著。

說實話，李金龍心裏很佩服周宣，每一次在最危險的境地中，這個看似普通的年輕人都站出來帶頭探路，像這樣的事，他自認是做不出來的。怕死是大多數人的弱點，便是皇帝也一樣，就算擁有了天下，但卻擁有不了長生不死，所以整日祈求禱告。

藍山瞧了瞧李勇，又望了望李金龍，點點頭道：

「好，我跟李勇兩個人抓一條腿，李金龍、老三跟傅盈，你們三個人抓另一條腿。」

周宣不再多做猶豫，提了強光燈俯下身子，五個人分開兩組，一邊緊緊抓了他一條腿，然後慢慢把他放下去，這樣子，周宣的冰氣便可以往下再多延伸兩米。

當放到最低的位置後，周宣的冰氣早探到了水下面，這水剛好深一米多，周宣在洞上面測不到，一放下來就清楚了，而且還探測到底下的水洞東西流向之外，水面離頂上的洞壁還有半米左右的縫隙，雖然再往前測不到了，但這樣也讓周宣有些欣喜！

從地底下往上走了這麼高，沒有一千米也有八百米，周宣略微估計到，這個位置離外面的地表面應該不會太遠，而這個坑裏的地下水流極有可能會流出到地表外，只是就這樣下去

跟著這地下水流走的話，那會有危險，搞不好就是進入到更深的地下陰河中，那他們就算完了！

這個地方，如果要下水的話，跳下去就不可能再上得來，基本上就是只能往前行，沒有退路，如果前行沒有路了，或者是更深的河流，那這兒就是他們七個人斃命之地了。

周宣還探測到，這裏的水流並不是很急，以成年人的體重還不會被沖走，再來水質也測過了，是普通的地下水，沒有有毒物質，只是水溫不高，從水面上騰起的絲絲涼氣便可以感覺到，這水溫不會超過十度以上。

其實所有的地下河流都是這樣，在深深的地下，水溫自然是要低上很多的。

周宣回頭瞧著上面的幾個人說：「你們鬆開手，把我放下去！」

上面的幾個人都是一驚，這洞坑裏的水黑幽幽見不到底，而現在他們都沒有繩索，下去後如果再想上來，可就沒有辦法了！

傅盈首先便不應允：「不行，你上來再說，要怎麼樣大家商量好，找一個可靠的辦法出來再說！」

周宣搖搖手道：「不怕，我在下邊看到這水底只有一米多深，而且瞧水流下方的洞裏有縫隙，可以通過，也許會有出口通到外面的河流中，你們放下我，待在上面也沒路可去，還不如往前面闖一闖，說不定能找到出口呢？」

這個問題大家都想過，找不到出路當然大家都是死路一條，但即使面臨不可測的危險境地，死也是讓人害怕的事情。

周宣當然害怕，但他現在不得不努力尋找一切逃生的路徑，他不想讓傅盈跟著他死在這深深的地洞中。而現在他身上的異能冰氣也是他們這幾個人唯一可以借用的，別人不知道，但他自己可是清楚的，能不能逃出去，就看冰氣的發揮了。

藍山瞧了瞧另外幾個人，雖然都是面有懼色，但對周宣又都不得不佩服，換成他們自己，估計是做不出來的。

魏海洪有點猶豫，傅盈則是不同意。

周宣知道他們會有不同意見，又道：

「盈盈，我不是非要往危險裏跳，你相信我，我看清楚了，水流不深不急，前面還有去路，雖然是在水中，但就是有一條路。」

魏海洪知道周宣做事雖然總是有橫空而出的感覺，但到最後卻發現，他從來不做沒把握的事，也絕不瞎胡鬧，像現在這種情況，如果下面有危險，那他也不會把自己放出去的。

傅盈明白了周宣的決心，想了想，點了點頭，說道：「好吧！」

傅盈說完，先鬆開了手，但是接下來，她的行動讓所有人都吃了一驚！

傅盈提著強光燈往洞坑裏一躍，「撲通」一下跳落進水坑中。

周宣頓時嚇得魂飛魄散！

雖然是用冰氣測探過，但一來冰氣損耗太重，測不到遠一點的距離，也不明白這水裏還會不會有其他的危險，傅盈這一下如何能讓他不驚？

周宣想也不想，趕緊叫道：「快！快！快放開我！！」

上邊的幾個人也都省悟過來，趕緊鬆開了手。

周宣倒著身體一下子栽進水中，待翻騰了一下從水中站起身來後，抹了一把臉上的水珠，趕緊尋著傅盈的方向，嘴裏顫聲道：「盈盈！」

卻見一隻手從背後伸出來，輕輕擦去他臉上的水珠，低聲道：「我在這兒！」

周宣轉過臉來，見傅盈一手提著燈，一手溫柔撫摸著他的臉，一張臉蛋雪也似的白！

周宣哽咽了一聲，緊緊摟著傅盈，將臉深深埋在傅盈的頭髮中，哽咽著道：「盈盈……」

傅盈從沒見周宣這麼緊張過，摟著她的手很緊很緊，讓她有點喘不過氣來。

過了一陣，周宣稍稍平息了後，才鬆開了手，傅盈撫著他的臉仔細瞧了瞧，又把手指伸到周宣眼角拭了一下，將手指上的淚水拿到嘴裏嘗了嘗，嗔道：

「都幾天沒吃鹽了，怎麼還這麼鹹！」

周宣哼了哼，又好氣又好笑，傅盈把當初自己跟她說過的話又送了給他，心裏又是痛又是愛，傅盈爲了他竟什麼都不顧，剛才他一定要到水裏探路，傅盈阻止不了，就自個兒先跳下來，有什麼危險她先去承受，這樣的情意，又豈止是一個「愛」字了得？

更氣的是，傅盈竟然沒告訴他一聲就自己跳了下來。

但現在也不是責備她的時候，周宣趕緊抹去了淚水，然後伸手緊握著傅盈的手，將手裏的燈往水流下方的洞口裏照去。

洞裏黑魆魆的不見底，但水面上始終有半米左右的空隙，這就足夠了，水流的速度和水量都還能站穩身子，只是水確實有點冷。

周宣朝上面叫道：「水流下方可以走，有半米左右的空隙，水深是一米五左右，水不是很急，下來吧！」

李金龍臉有懼色，他尤其怕水，更別說是這種地下陰河，莫名的就有一種畏懼心理。

藍山和李勇都有點猶豫，確實不容易下決定，這一跳下去，除了在這地下河裏一直走之外，根本就不可能回頭了，六七米的石壁徒手沒有人能上得來！

周宣嘆了口氣，然後對魏海洪道：「洪哥，你聽我的，把曉晴抱過來吧，我在下面接著，你也一起下來，是死是活就隨它去吧，聽天由命啦！」

魏海洪應了聲：「好！」

魏洪海知道，周宣一直是把他當自己的親人看待，現在的情況也無話可說，生死有命，周宣不可能害他，當即抱了魏曉晴過來，周宣接住了。

魏曉晴很虛弱，但人還是清醒的，有點緊張，只是咬著牙不出聲。

藍山幫著忙，跟魏海洪兩個人一人抓著她一隻手，將她慢慢放下去，周宣在下面看準了位置，伸開雙手道：「放！」

藍山和魏海洪倆人一鬆手，魏曉晴便往洞底掉落，周宣等她腳入水的那一剎那，便合手抱住魏曉晴的腰，下墜的力量便在水中消失。

周宣把魏曉晴扶著站穩在水中，又用手掬起水給她喝了幾口。

喝了幾大口水後，魏曉晴便好得多了，身體的虛弱主要是餓和渴引起的，喝了幾口水後，胃裏隱隱有了些力氣。

周宣又扶著魏曉晴往下水的洞裏走了一點點，讓開洞底的位置，抬頭對魏海洪道：「洪哥，你跳下來吧。」

魏海洪提著一支強光燈，在洞口邊蹲下身準備了一下，然後躍下來，「轟」的一聲，水濺了周宣、傅盈、魏曉晴三人一頭一臉。

不過魏海洪沒受傷，迅速在水中站穩了身子，強光燈雖然濺了不少水，卻沒有熄滅。

上面的藍山瞧了瞧李勇和李金龍倆人，沉聲道：「下去吧，沒什麼好想的了。橫豎都是個死，死在找出口的路上，總是好過在這裏白白等死！」

看著藍山和李勇一前一後跳進水洞裏後，李金龍臉色慘白，沒有人強迫他，但別人都下去了，剩他一個人在這洞中，那只會更加害怕，沒辦法，只得急急背好背包，閉著眼跟著跳下去。

水溫確實冷，下水後，藍山、李勇、周宣三個人體力好一些，還算正常，李金龍體質不差，但由於害怕，全身都哆嗦起來，一大半身子都沉浸在冷水流中。感覺到無比的壓力，誰知道這水中會不會有什麼奇怪的東西呢。

第六十二章

死裡逃生

驀地，洞裏的水流突然像炮彈一般把他們給射了出來，
眼前頓時光亮無比！傅盈躥出水面後，大力喘著氣，
只是眼前光太亮，眼睛一時不能適應，
過了好一陣子才睜開眼來，瞧了瞧，不由得大喜！

周宣主要是要照顧最弱的魏曉晴，這會兒，魏曉晴更是凍得嘴唇發紫，牙齒時不時地撞出響聲。

周宣右手在傅盈手中接過一支強光燈，左手握著魏曉晴的手，把冰氣傳到她身上，讓她能抵擋住寒氣，提著燈的右手又讓傅盈挽著，三個人一起。傅盈手中一支燈，他手中一支，照著前邊慢慢往前走。

魏海洪緊緊跟在周宣身後，再後面是藍山和李勇，最後面是李金龍，往前面走了十來分鐘，跟著水流在洞裏轉了無數個圈子彎道。

李金龍越走越害怕，走到後來，水越來越深，七個人都只剩下頭部在水面上，頭頂的岩石壁都是水涔涔的滴著水珠。

周宣把手舉在水面上，幾個人提燈的手也是舉著，時間一長，很是痠軟，將燈交到另一隻手，但都堅持不了多久就得換手，如果支持不住，燈浸入水中，那就沒用了，在這個時候，如果燈熄滅了那也致命，也可以說，這最後的六支強光燈也是最後的希望。

當然，除了周宣，周宣的冰氣比強光燈更管用，燈只能看到表面和看得到的地方，而他的冰氣卻可能探測到看不到的地方，測到看不到的危險！

到後面，魏曉晴純粹就是周宣扶摟著行走。

周宣此時冰氣損耗已經太厲害，只能測到三米遠的距離了。地勢也越來越陡，空隙也越

此時的魏曉晴已經沒有半點信心，身心俱疲，瞧著四下裏都是冷冰冰的河水暗流，都走了差不多兩個小時，仍沒有走出頭，現在就算閉一口氣，潛一次水，就能出去了？

周宣心裏也很爲難，可如今也沒有第二條路可走，回去也上不了那洞口上面，就算上去，回到大石宮殿中，那還是個死。左右是個死，乾脆就賭這一回。

只是爲難的是，魏曉晴、傅盈、魏海洪，這三個人需要他照顧，就算他再能潛水，在沒有空氣的情況下，如何能照顧到這麼多人？

藍山和李勇都是難以決定，回去的話，至少不會立即死，只要不死，那就有機會逃生，但若現在潛進這陰河中，也許馬上就會溺死了。

周宣不再猶豫，當即道：「洪哥、盈盈，使勁呼吸，深吸幾口氣，我叫的時候，就潛水儘快往前游，儘量游到最快的速度！」

魏曉晴閉著眼又是流淚又是顫抖，自己這如花的青春也許就要完結了。周宣叮囑著她，雖然難受，還是跟著深深吸了一口氣。

看到周宣的決定，藍山咬了咬牙，衝著李勇道：「李勇，咱們也拼了，左右是個死，就拼了這一把！」

李勇雖然猶豫，但藍山既然決定了，自然是跟隨他。

只有李金龍還在嘀咕：「都是一群瘋子。」

周宣自己深吸了一口氣後，猛然叫道：「潛！」話聲一落，魏海洪在最前，接著，周宣左手拉著魏曉晴，右手拉著傅盈，迅速潛進水中往前行。

藍山一直都覺得，周宣雖然外表看起來隨和普通，但其實很有主見。似乎他有一種超乎常人的運氣，既然是有運氣的人，那就跟著他賭吧。

周宣一潛進水中，藍山也不甘落後，趕緊吸了氣潛入水中，李勇則跟在他身後。

李金龍喃喃叫罵著，最後也是一頭扎進水中跟了過去。

周宣一邊盡力快速前游，一邊將冰氣傳到魏曉晴和傅盈身上，讓她倆儘量能支持住。這一番快速前行，魏海洪手中的強光燈前行不到十米便熄滅了，後面幾個人的燈也都相繼熄滅，水中頓時漆黑一片。

李金龍心中直罵娘。這下要是一分鐘內出不去，那就必死無疑了，又黑又沒有空氣，看不見，又出不了水面，又急又驚之下還不敢慢下來，只能緊緊跟在前邊的人身後。

周宣盡力把冰氣運出來探到前方，定住魏海洪的位置，再探到他前邊兩米遠的距離，魏海洪知道事情危急，不敢有絲毫停留，一個勁往前趕。

跟在後面的周宣忽然探到魏海洪前面兩米處有兩個水流口，一個水流急，一個水流緩一些，吃了一驚，趕緊鬆開魏曉晴和傅盈的手，往前努力一竄，抓住魏海洪的腳，把他扯停下來。

魏海洪兩眼漆黑一片，感覺到後面有人拉住了他，便停了下來。周宣挨到他身邊，運起冰氣探了探前面兩個水洞。

左面水急的那個，再前一米多便急轉往下，是一個漩渦形的地下流口，深不可測，右邊這一個水緩一些，但洞口很窄，只能容一個人穿過。

周宣探到右邊這個洞的時候，心裏忽然顫抖了一下，因爲兩米多外的地方隱隱有了一絲絲亮光！

周宣再不遲疑，推著魏海洪往那小洞口去，然後又趕緊扯下他背上的背包扔到左側，隨即把魏海洪頭前腿後的推進那個小洞中去。

其他人根本就看不見，便如睜眼瞎子一般，只有周宣心如明鏡般，只能又快速扯下傅盈和魏曉晴身上的背包扔了，再把傅盈推進那個洞裏。

傅盈已經有些氣悶了，根本就不想什麼，被推進洞裏後，就使勁往前爬，再爬了五六米後，忽然見到前面的水隱隱有些光線，不由得精神一振。但洞裏太窄，回不了頭瞧，只能加緊往前去。

周宣這個時候卻沒有進洞，用冰氣探測到藍山後，將他拉過來，扯下他背上的背包，用手指在他手心裏點了點，藍山感覺到是周宣，也沒有反抗，任由周宣把他推進右邊那個小洞

中。

周宣不敢把魏曉晴先推入那個洞中，因爲魏曉晴不可能再潛水，她這時候已經不能不呼吸了。

周宣想再把李勇和李金龍引鑽進小洞裏，自己最後撤離，但李金龍和李勇兩個剛被摸到，李勇便一掙扎甩開了他，又往前一竄，卻是竄進了左邊那個寬一些的水洞中，跟著水流一下子又滑進了那個漩渦裏，迅即被吸入深深的地底下。

周宣吃了一驚，又抓住李金龍，怕他不明白，還用手指了指前方，但李金龍慌亂得很，只管使勁往前竄，也跟著進了水流湍急的水洞中，周宣趕緊伸手去抓，卻只抓住了他背上的背包。

李金龍一急，以爲周宣想要搶他背包裏的珍寶，回身就狠狠搗了周宣一肘，周宣一痛，手一鬆，李金龍倒著身子，也給吸進地下漩渦中，刹那間便再也看不到他的蹤影。

周宣心裏直打顫，不是他不想救他們，實在是他們捨命不捨財。

這時容不得他再作多想，周宣趕緊把自己的背包取下來扔掉，再抓著依靠在右邊洞口的魏曉晴。

冰氣探測到，魏曉晴已經到了崩潰的邊緣了。周宣更不敢遲疑，把魏曉晴腳朝洞裏塞進去，自己在後面推著她，然後把嘴貼到她嘴上，將氣度送過去，魏曉晴嘴裏有氣後，精神倒是一振，人也清醒過來。

周宣又把冰氣全力運到魏曉晴身上，魏曉晴雖然不明白怎麼回事，但一直覺得很憋的氣不悶了，腦子也清醒得多了。

周宣嘴唇緊緊貼在她嘴唇上，那感覺讓她覺得是那麼舒服，那麼讓她安心，對了，這就是安全感，即使天塌下來她也覺得無所謂的安全感！

周宣感覺到自己頭腦一陣暈眩，卻知道在這個時候是暈不得的，暈過去，便是他和魏曉晴倆人立即斃命的時候，魏曉晴雖然被他用冰氣支撐著，但到底身體太虛弱了，只要一離開他的支撐便會又陷入原來的狀態中，而且只會更加嚴重。

這就像一個靠借錢過日子的人，如果借錢給他的人忽然不借了，而且還要收回原來的債，那就會令這個人崩潰。

魏曉晴是依靠著借周宣的冰氣維持著生命，如果周宣斷絕了冰氣的輸送，在這個水底洞中，一下子就會要了她的命。

這時候，傅盈和魏海洪已經瞧見到光線越來越亮，眾人也就越來越興奮，雖然一顆心都悶到快要蹦出胸口來了，但還是盡力往前游動。

驀地，洞裏的水流突然像炮彈一般把他們給射了出來，眼前頓時光亮無比！

傅盈躥出水面後，大力喘著氣，只是眼前光太亮，待在黑暗地底裏太久，眼睛一時不能適應，過了好一陣子才睜開眼來，瞧了瞧，不由得大喜！

原來她已經身處在一條江中，兩岸邊儘是高層建築，路上行人紛紛，再瞧瞧身後，魏海洪同樣浮在水面直喘氣。

傅盈鬆了一口氣，但隨即又是一驚：周宣呢？

傅盈立時叫道：「周宣，周宣，你在哪兒？」

叫了幾聲不見有回音，又在水中轉動著身子四下裏瞧瞧，除了她跟魏海洪，再沒有半個人影，急得顫著聲音叫著：「周宣，周宣！你快出來，別……別嚇我！」

這時，水面倒真是響了一下，傅盈一喜，接著「嘩啦」一下，破水又鑽出一個人來，傅盈瞧得清楚，這個人卻是藍山，跟他們出來時一樣，喘著氣，閉著眼適應了好一陣子才睜開眼來。

傅盈趕緊問道：「周宣呢？你瞧見周宣了嗎？」聲音直打顫，險些便哭了出來。

藍山待呼吸平靜一些後才回答道：「他應該在我身後！」但也不敢肯定。

魏海洪在另一邊沒有發問，深吸一口氣後，直接一個猛子扎進水中。傅盈和藍山也都緊接著潛進水中，這江寬一兩百米，水深應該有十六七米左右。

傅盈往下潛，卻再也潛不到那麼深了，眼淚頓時流了出來，只是在水中哭不出叫不出，拼命在水中尋找著。

就這樣上上下下兩三次後，仍然沒有見到周宣和魏曉晴的蹤影。

傅盈浮出水面哭了出來，直叫著周宣的名字。

這時，岸邊的過路人也發現江中有人，有人就大聲叫了起來：「有人落水了，有人落水了！」一些行人圍了過來，有的叫著，有的趕緊找長杆子之類的東西。

傅盈哭叫著又潛進水中，這一下拼命往下潛，只是她是從哪兒冒出來的，也早找尋不到了，也潛不到水底部，身體又軟又弱，到了無法支撐的地步，只是因爲心痛牽掛周宣，還有一股子氣撐著她！如果跟周宣在一起，哪怕是死，是在絕境，她也沒有慌亂過一次，但現在，她活了，逃出來了，但周宣卻不見了，這顆心都快要碎掉了！

傅盈痛苦地在水中到處搜尋著，見到魏海洪也在水中到處找著，淚水模糊，眼中頓時花了，什麼也瞧不見。

魏海洪卻在這時瞧見在自己左前方的水中，周宣跟魏曉晴都浮上了水面，但倆人似乎都沒有動靜了。魏海洪吃了一驚，趕緊游過去，一手一個抓住了往上游。

傅盈定了定神，睜開眼便見到魏海洪抓著周宣和魏曉晴在往岸邊游動。這一喜可非同小可，一顆心撲通撲通跳起來，趕緊游著跟了上去。

鑽出水面後，傅盈摟著周宣，魏海洪抬起魏曉晴，藍山也在後面幫著手，三個人把兩個

人拉扯著弄到岸邊。這時，岸邊的人也找來杆子讓他們幾個拉著，七手八腳把他們拉上了河岸。

到岸上後，有路人趕緊拿手機撥了急救電話。傅盈把周宣平攤在地上，一邊壓著他的腹部，一邊給他用人工呼吸。另一邊，魏海洪把魏曉晴平放在地上後，還沒有動作，魏曉晴已經從嘴裏吐出了一些水，咳了起來。

魏海洪大喜，趕緊扶起她，在她背上用手拍打。

魏曉晴吐了一些水，緩緩睜開眼，然後用虛弱的聲音問道：「小叔，周宣呢？」

魏海洪把眼光轉向傅盈這一邊，傅盈又是流淚，又是不停地做壓腹和人工呼吸的動作，見周宣沒有反應，忍不住哭罵道：「周宣，你要是就這樣丟下我，我永遠都不會原諒你！」說著又忍不住用手壓著他胸口。

藍山到周宣身邊瞧了瞧，又用手探了一下周宣的胸口，然後止住了傅盈的動作，說道：「傅小姐，別動，周宣還有呼吸，有心跳，你別再刺激他！」

傅盈一怔，抬起梨花帶雨的一張臉，顫聲道：

「你，你說他還活……活著？」

說著，傅盈伏下身子輕輕貼在周宣臉邊，屏住呼吸聽著，果然，周宣有一絲很微弱的呼吸，雖然微弱，但他的確是活著的！

傅盈頓時摟著周宣嚶嚶哭泣起來。

十來分鐘過後，救護車也到了。

醒過來時，周宣已經身在醫院的病房中了。傅盈和魏海洪都在他身邊，他側頭瞧了瞧旁邊，另一張病床上躺著的是魏曉晴，這才鬆了一口氣！

在水底下時，周宣在將到江底洞口的邊緣時，實在支持不住了，卻被一浪水流沖了出來，也就在沖出來的那一剎那，終於忍不住暈了過去。

但現在，魏曉晴顯然活得好好的，瞧著她的胸口一起一伏的，只是睡著了。

傅盈正跟魏海洪說著什麼，聽到床上有一點點動靜，趕緊轉過來，見周宣正睜著眼盯著她，不由得欣喜若狂，顫聲道：

「你醒了？」

周宣微微一笑，伸手輕輕握著她的手搖了一搖。

傅盈捏著他的手，忽然間悲從中來，淚水一顆顆如斷線的珍珠般滴落，無力地叫道：

「你，你嚇死我了，你真的好壞！」

魏海洪嘆了一聲，起身輕輕走出病房，不忍打擾他們這種小兒女的場面。

「盈盈，對不起！」周宣低聲說著，又掙扎著要坐起身來，傅盈趕緊把他按在床上，說

道：「你別動！醫生說了，你太虛弱，等打完點滴再說！」

其實傅盈和魏海洪一樣的虛弱，只是比周宣和魏曉晴要好一點。

另一張床上，魏曉晴極輕地側過臉，把頭轉到另一邊，臉上的淚水無聲地往下淌著。

在洞中，周宣對她做的一切，她都清清楚楚地記得。她到現在都不能忘記周宣的嘴唇，那個給她氣息和安全感的嘴唇，她也不明白那安全感是來自哪裡，但她知道，她的命是周宣拼了自己的命給救回來的。

在洞中時，魏曉晴已經放棄了求生的念頭，但一直是周宣和傅盈不離不棄地拉扯著她。在洞裏暗流噴到江面的那一刻，魏曉晴雖然不能動彈了，但她卻清楚看到周宣在她面前閉眼暈眩。那時她就在想著，也許這一次她跟周宣就死在一起了。

一直以來，魏曉晴都是害怕的心情，但那時，她心裏卻沒有一絲的恐懼了，或許跟著周宣一起死掉，讓她心裏倒是沒有了什麼遺憾。也就在那一刻，魏曉晴突然明白，自己已經深深愛上了這個男人！

這一輩子，魏曉晴都不會再愛上別的男人了，這就是她當時的感覺！

可是，魏曉晴卻也明白，周宣心裏愛的只有傅盈，而傅盈，不得不說，她心裏也很喜歡，她喜歡她的美麗，喜歡她的執著，喜歡她的真誠！而且魏曉晴也一直感受到周宣跟傅盈真實又堅定的愛，書上說的什麼「生死不渝」，或許就是指他們兩個的愛情吧！

說實話，周宣自己也沒想到，他們幾個都能活著走出那個地底。魏海洪、魏曉晴、藍山也都沒想到。去時十六個人，卻只有他們五個人逃出來！

兩天後，周宣和魏曉晴徹底恢復出院。

市局那邊已經訂好了機票。凌慧接他們出院的同時，又直接送他們到機場。在路上，凌慧說藍山讓他們先回去，他自己還要在這裏善後。

凌慧顯然得到了上級的命令，不得過問所有事情，所以只是邊開車邊說道：

「小陽山的那個洞，藍山已經命令用鋼筋水泥嚴嚴實實鑄澆封死，以後再也見不到小陽山的天坑洞了。」

這個是自然的。

周宣想著，不禁感慨萬端，一路上與傅盈握著手捨不得鬆開。總算是活著出來了，而且是跟相愛的人一起活著出來的，最好的朋友也好端端地被帶回來，再艱險的旅程，又有什麼值得遺憾的！

魏曉晴的臉卻是一直瞧著車窗外，靜靜地一動不動。

車窗上的玻璃上，她的面容在漂浮，仔細瞧了瞧，嘴唇有點兒紅。魏曉晴伸手觸了觸，禁不住就想到了水底下周宣的嘴唇，於是緊緊貼著玻璃吻了自己一下。那感覺，不是吻，但

自己偏偏忘不掉，或許應該叫做刻骨銘心吧。

初吻就這樣給了自己喜歡的男人，沒有遺憾，但卻是心痛！

在這個時刻，魏曉晴忽然覺得，就算她再有本事，就算爺爺權力再大，就算父母再疼她，就算所有的人都愛她寵她，她也沒有辦法從傅盈手中把周宣搶過來，或許，這就是她此生最大的悲劇吧。

從北京機場出來後，魏海洪跟魏曉晴搭計程車回家，周宣跟傅盈則搭車回宏城花園。

在這場患難後，大家全都極度想念自己的家人，而且他們都明白，這些事只能埋藏在心底，永遠都不能說出來。

在宏城花園下車後，周宣忽然有些怯怯的，瞧著傅盈低聲問道：「盈盈，我爸媽肯定擔心死了，我忽然就走了，又這麼久沒打過電話報過平安……」

「放心吧！」傅盈忽然笑了笑，拖起他的手就往別墅裏走，邊走邊道：「我走之前便跟爸媽說過了，說我要跟你出去旅遊一趟，等一下地點故事你自己編，我不會說謊！」

「編故事？」周宣怔了怔，隨即抓了抓頭。

客廳裏，保姆劉嫂和老媽金秀梅正在嗑瓜子看電視，一眼見到周宣跟傅盈手拉手地站在面前，金秀梅一把扔掉手裏的瓜子，站起身拉過倆人，驚喜地左看右看。

傅盈笑吟吟地搶先叫了一聲：「媽！」

金秀梅呆了呆，隨即反應過來，歡天喜地地大聲應著：「哎！」連周宣叫的一聲媽也不理。

金秀梅拉著傅盈坐到沙發上，又是摸手又是撫著臉蛋，忽然皺著眉頭道：「你們到底是去旅遊還是幹苦力去啦？我媳婦都瘦了好多！」

周宣在一邊等了好一陣子，金秀梅一直跟傅盈嘰嘰咕咕說著話，像是有說不完的話一樣，忍不住便問道：「媽，爸和弟妹不在家嗎？」

「去店裏了，忙得很，聽張老大說，要去揚州進一批貨回來，明天就動身，你弟跟著去了。現在店裏就你爸和你妹，還請了兩個夥計，雖然還沒正式開張，但生意已經做了起來！」

金秀梅說著朝他擺了擺手，然後又跟傅盈說了起來，現在的她，明顯的對媳婦感興趣得多！

這些天確實是太累太緊張了，周宣趁著媽媽跟傅盈親熱的功夫，乾脆到房間裏沖了個澡，睡覺去了。

一顆心放下來後，周宣睡得黑天黑地，這一覺竟睡了二十個小時。

醒來的時候只覺得耳朵癢癢的，伸手掏了掏，卻抓到了一條紙棍兒，睜開眼便見妹妹周瑩笑嘻嘻地站在床前。

周宣揉了揉眼，問道：「小瑩，回來了?媽說你到店裏去了。」

「什麼叫回來了？」周瑩笑嘻嘻地用手指頭在周宣額頭上點了一下，嗔道：「哥，你也太懶了，昨天回來到現在，你都睡了快二十個小時了!爸和二哥本來想等你吃早飯，再說說店裏的事，可你睡得死死的，嫂子又不讓我來叫醒你，說你前幾天太累了，讓你好好睡一下，連飯都不叫你起來吃。這會兒我實在忍不住了，哥，你跟嫂子出去幹什麼了?人累到這個樣子。」

「一個女孩家的，那麼八卦幹什麼？」周宣伸手把她往外推。周瑩有些不情不願地走出了房。

洗完澡到了樓下客廳裏，劉嫂已經在餐廳給他把熱好的飯菜擺好。

幾樣家常小菜，豆腐青菜，周宣倒是吃得特別香，地底下的日子就不再想了。那幾天不知道吃的是什麼，突然他又想起李金龍他們幾個吃人肉的事，不由「呸」了一下，心道，吃得好好的，想那個幹什麼？一下子就沒了胃口，好在已經吃了兩碗飯。

傅盈和周瑩坐在一邊瞧著他，周瑩又問了起來：

「哥，瞧你吃飯的樣子，像好久沒吃過東西一樣了，真搞不懂你們是幹什麼去了?再說，嫂子怎麼也跟以前不一樣了，起得早吃得少。」

周宣放下碗，笑笑說：「你知道不知道，你嫂子是女孩子，女孩子在婆家那可是要勤快！」

傅盈「呸」了一聲，臉也紅了。

「小瑩，爸他們又去店裏了？」周宣問著。

周瑩點頭道：「是啊，店裏現在很忙，爸和二哥每天都跟上班一樣，從早忙到晚，倒是迷上了這一行。我每天也去忙半天，然後中午到補習班學財會，這是張大哥給我報的名，他讓我去學的，說是學好後儘快上手。」

周瑩笑嘻嘻又說道：「哥，張大哥在申報的股東法人代表中，給了二哥和我各百分之十的股份，他自己百分之三十，你是百分之五十。他說這樣，我跟二哥都是股東身分，做起事來就會更上心一些。他認爲他的股份已經夠多了，所以還是讓大哥當大老闆。」

周宣呵呵笑了笑，張老大還真不貪心，倒懂得適可而止，看來自己這個老大確實是個好兄弟。不過自己也沒虧待他，就算百分之三十，那也是六七百萬以上的資產。而且，自己以後還會借著冰氣的能力撿撿漏，幫幫忙，把這個店做大做好，讓店裏的收入成爲家裏最穩定的經濟收入，這才能讓父母和弟妹安心在這邊生活下來。

「張老大很忙嗎？」周宣笑著問妹妹。

「那可不！」周瑩回答著，「張大哥說了，店開起來，規模不能太小太寒酸，怎麼也得有幾件真品珍寶，沒有鎮店之寶，那可不大像一間有實力的店。所以，他這些天都在忙進貨。」

「聽他說，以前有認識的行內朋友在揚州開了店，他正想著去揚州進點貨回來，可又找不到你，現在你回來就好了，有個商量。」周瑩停了停又道，「哥，張大哥在朝陽那邊花了兩百多萬買了一間中古房，房子都是裝修好的，直接便搬了過去，一百六十平方，也夠大的！」

「那好，總得有自己的房子才能安心踏實些！」周宣也替張老大高興，不管大小，住著自己的房子才舒服。張老大現在有房有車，還有幾百萬的存款，而店裏投資再大，也不用他掏錢出來，心裏當然是很高興了。

周宣想了想，又問道：「他要找鎮店之寶？呵呵，什麼才叫鎮店之寶？」嘴裏雖然這樣說著，但心裏其實也很明白，通常開古玩店的，每一間店都會有一兩件珍品用以吸引玩家的眼球，展現店主的眼光和實力。

不過，要找什麼樣什麼級別的古玩才算鎮店之寶呢？

傅盈忽然站起身說道：「周宣，你們等我一下！」說完急急往樓上去了。

周宣有些詫異地道：「神神秘秘的，不知道搞什麼鬼！」

第六十三章
鎮店之寶

瞧這盒子只是一個普通的首飾盒子，傅盈揭開蓋子，
盒子裏面是一顆比雞蛋略小一點的珠子，顏色有些淡黃色，
看起來雖然有些特別，但卻看不出來有什麼貴重之處。

周瑩也不知道傅盈要做什麼，拉著周宣到大廳中坐下。老娘金秀梅正在看電視，看到兒子過來，電視也不看了，瞧了瞧後面，問道：「兒子，我媳婦呢？啥時候把事辦了，好給咱周家添丁啊？」

「媽，這事您就不要添亂了，盈盈一個女孩子家到咱家來，咱可不能逼著她這樣那樣的吧？我心裏有數，得慢慢來！」周宣知道傅盈臉皮子薄，聽到肯定會不舒服，難道女孩子就只是一個生孩子的工具嗎？

「等你？靠你那黃花菜都涼了！」金秀梅哼了哼說著，「你看看你們那一班的，哪個不是拖兒帶女的了？咱家後面的老王家，他可是比你爸小六七歲，人家的孫子都上小學了！」

周宣看見傅盈從客廳的樓梯上正走下來，趕緊道：「好好好，媽我知道了，我會看著辦的！」

傅盈手裏拿著一個小錦盒子，笑吟吟走過來，笑道：「鎮店之寶來了！」

周宣一怔，心道：她又拿了什麼東西出來？瞧這盒子只是一個普通的首飾盒子，難道是她的首飾？

傅盈把盒子放在茶几上，然後揭開蓋子。盒子裏面是一顆比雞蛋略小一點的珠子，顏色有些淡黃色，看起來雖然有些特別，但卻看不出來有什麼貴重之處。

當然，這也只是金秀梅和周瑩的眼光而已。

周宣不用冰氣測便知道，這顆珠子是珍貴之極的寶石。因為他在古墓中見過，這顆珠子就是洛陽千米地底大石棺材中的珍寶之一，而且是其中最珍貴的夜明珠！

李金龍當時把十顆夜明珠分給了十個男人，周宣也有一顆。後來，周宣把珍寶都塞在了傅盈的背包裏。傅盈因為擔心黑暗中強光燈電源用盡後會熄滅，偷偷把這顆夜明珠揣進了衣袋中以備急用，卻沒想到，那麼多珍寶，也就她一個人帶了這一顆珠子出來，其他的無數珍寶便沉沒在那深不可測的地底了。

以這顆夜明珠作為鎮店之寶，那完全是撐得起來門面的。周宣見老娘和妹妹毫不在意，沒半分瞧出這顆寶石的珍貴之處，笑了笑便道：

「小瑩，你去把窗簾全部放下來，再把客廳大門關上！」

「要幹什麼？」周瑩嘴裏問著，一邊去拉下窗簾，又跑去把大門推上。

周宣站起身關上了燈，大廳裏頓時暗了下來。也在周遭都暗下來的同時，茶几錦盒中，一縷綠幽幽的光芒起，然後漸漸增強，直至清楚地照見茶几邊上幾個人的臉面。

金秀梅和周瑩怔了一下，隨即把頭湊上前，仔細瞧了起來。只見錦盒子中那個剛剛看起來還略顯普通的圓石，這時卻是渾身發著青光，射出來的光中青中帶紫，又略帶些紅色。

金秀梅顫著聲音道：「兒子，這個是不是就是夜明珠啊？」

周宣點點頭道：「是，就是夜明珠。」

金秀梅是個農村婦女，哪裡見過這種寶物？打小聽故事倒是聽得多了，可夜明珠那是神仙洞府裏才有的東西，聽說皇宮中寶物多，可也不一定就有夜明珠，這麼貴重的東西，傅盈又是哪裡來的？

周宣把電燈打開，然後回來把盒子蓋上，笑道：「這倒是完全可以當得上鎮店之寶了。不過，盈盈——」

周宣有心問她是怎麼把這顆夜明珠帶出來的，但又怕妹妹老娘知道後擔心，也就停住話頭不問了。

周宣把盒子拿在手裏，對金秀梅道：「媽，我們先去店裏瞧瞧，你跟劉嫂在家吧，我們去看看張老大把店準備得怎麼樣了！」

金秀梅擔心地瞧著他手裏的盒子，說道：「那個夜明珠子也拿去啊？這得值很多錢吧？」

周宣笑笑說：「媽，別擔心，這珠子雖然不錯，但也不是特別值錢！」他可不想把價錢說得太高，讓老娘整日裏提心吊膽的，就好像上次在老家，那個石獅子放在後車廂裏，老爸一晚覺都睡不好，第二天天還沒亮，就叫了他們兄弟倆到村頭去看看有沒有被偷走。

周宣把車庫的側門打開，說道：「盈盈，你來開車吧，自己開車去方便。」

傅盈笑吟吟地把那輛布加迪威龍的跑車開了出來，她開車的動作很純熟，姿勢很優美。

周瑩想坐在傅盈身邊，周宣就抓著傅盈座椅上的背靠，坐在了後面的行李位上。

「周宣，洪哥給你這車也算得上是大手筆了。」傅盈一邊開著車一邊說著，「這款車是布加迪威龍愛瑪士特別版，一個月只生產一輛。布加迪威龍愛瑪士特別版由布加迪提供技術，久負盛名的奢侈品品牌愛瑪士提供整車風格及內飾的設計。這輛車上，一個方向盤皮革的縫製就需要一個技藝超群的工匠花費十幾個小時才能完成，因此，愛瑪士一個月最多只能生產出一輛車的內飾，所以這個愛瑪士特別版也就數量非常有限啦。」

「全手工啊？」周宣有些驚嘆，那得花多少工夫啊。

「小瑩，你抽空去學學車，拿個駕照，哥也給你買輛車！」自己有了這麼好的車，周宣覺得也得給弟妹一人買一輛，怎麼說，他們兩個也是古玩店的老闆之一，出去也得有點派頭。不過，自己也該抽點時間拿個駕照了，身價幾個億，居然連車都不會開，也有點說不過去。洪哥送了這麼好的車，如果一直要女人開著載自己，應該也是很沒面子的事吧。

周宣忍不住笑了起來。

傅盈不敢把車速開得太快，怕周瑩害怕。這車最高時速可是能達到四百多公里，不過在市區也不可能高速得起來的。

到了潘家園後，傅盈停下車走出來，頓時引來了無數羨慕的眼光！這麼漂亮的女人開著

這麼漂亮的跑車，真正的香車美女啊！

周瑩下了車走到前邊帶路。周宣就一間一間看過去，在第八間門口站住了，這間店大門上的招牌是「周張古玩店」五個大紅字。不用說，這肯定就是張老大租下的店面了，店名就是他跟張老大的姓。

周瑩嘻嘻一笑說：「哥，我沒說，你就猜出來了？」

周宣笑了笑，拿著那個錦盒子走進店裏面。

店裏請了兩個夥計，都在古玩店做學徒工有幾年了，一個叫曾強，一個叫陳叔華，倆人都是二十四歲。

店外的鋪面約有八十平方，裏面進身還有十五米，隔了三間房：一間倉庫，一間辦公，一間鑑定室，還配了一些鑑定需要的工具和設備，這些都是必須的。

周宣先走進店裏，周瑩拉著傅盈倆人在店外面瞧著。

那個叫曾強的夥計正在櫃檯中擺放一些小物件，見到周宣走進來，便趕緊放下手中的東西，上前招呼道：「您好，先生，要瞧瞧麼？我給您介紹介紹。」

周宣笑了笑，把手中的錦盒子遞給他說：「我想賣掉這個東西，你給我瞧瞧吧。」

曾強堆著笑臉，接過錦盒打開瞧了瞧，見是個圓形的石頭，也沒覺得有什麼奇怪。

周宣知道他瞧不出來，笑笑說：「你到房間裏關上窗，關了燈再瞧瞧。」

曾強怔了怔，這個客人說的話有些古怪，怔了一下，又衝著裏間的方向叫道：「小陳，你出來一下。」

接下來，另一個夥計陳叔華出來了，曾強便說道：「小陳，你招呼一下客人，我到房間裏請張老闆驗一下貨！」說完又對周宣道：「先生，請您跟我到裏間驗貨吧。」

周宣背著雙手在店裏左右瞧著物件，搖搖頭道：「你驗吧，我在外邊瞧瞧。」

曾強覺得很奇怪，看來這位客人的這件物品並不貴重，是個普通東西，否則他也不會這麼放心地讓他拿進去驗。在這一行裏，絕大多數人都會注意細節，以防給人偷梁換柱，調包了自己的東西。

但周宣這樣說了，他也就覺得無所謂，拿著盒子便到了裏間。

周宣計算著時間，還沒到三分鐘，曾強就跟張老大還有一個老頭兒急急走了出來。

曾強在前邊向張老大一指說：「張經理，就是那位先生！」

張老大一瞧到周宣的笑容，立刻愣了一下，隨即幾步躥上前，給周宣胸口就是一拳，但是力量卻是很輕，笑著道：「弟娃，你搞什麼鬼？」說完又揚著盒子，左右瞧了瞧，把聲音放低了些，問道：「這是什麼東西，你自己知道嗎？」

周宣淡淡道：「夜明珠啊。」

張老大和後面那個老頭兒都呆了呆，沒想到周宣就這麼淡然地隨口說了出來，剛才曾強

把這東西拿進房中後，張老大也沒瞧出來有什麼奇特之處，但那個老頭兒就有些感興趣。

這個老頭兒其實是張老大請來做鑑定古玩的掌眼吳代元。別看這老吳普普通通的老頭兒樣，其實在行中卻有著極廣極高的人脈和地位，他是北大考古系的權威教授，退休後，曾有很多古玩店想請他出山做掌眼掌櫃，但他都不肯。

早年間，老吳有個外號，叫「火眼金睛」，從這個外號便可以想像到老吳鑑別古玩技術的高超。

不過，老吳可不是一般人能請得動的，張老大就更不可能了，老吳是瞧在魏海洪的面子上才來的。不過，就算是瞧在魏海洪的面子上，老吳也沒有就此答應，而是說要看看再說，不如他的意，他自然就不會同意。

老吳這種人雖然不是挺有錢，但也不缺吃缺穿的，所以不會為了生活而奔波，錢對他來說沒有多大誘惑力，唯一讓他感興趣的就只有珍寶古玩。他一生都在接觸這些東西，對這一行，他已經不是工作而是愛好，就好像喝咖啡上癮一樣，只要一天不喝便會覺得六神無主，做什麼都沒有精神一樣。

剛好今天張老大又把老吳請了過來瞧瞧。開一間古玩店，有資金有實力有經驗，這只是成功的一半，還有一半得靠一個技術特別深厚的掌眼，這個很重要。

古玩店裏所有的進出物件，基本上都是靠掌眼的那一雙眼睛。買進的時候，你得有足夠的實力經驗才能瞧出一些特別難鑑定的古物，也才會知道它們真正的價值；如果你技術不過關，也許就會拿高價買進來不值錢的古玩，又把價值很高的東西低價賣出去，這在古玩界當然是大忌。

不過，老吳人雖然過來了，但卻沒有真心想留下來。瞧著張老大這兒資金倒不是問題，但店裏基本上一件真正有價值的物件都沒有，俗話說，沒有金剛鑽，攬什麼瓷器活兒啊？

張老大瞧出老吳的心不在焉，但他又捨不得放棄這個老頭兒，畢竟，要請一個真正有實力的掌眼可不容易，就在裏間泡了茶水，好說歹說地勸著老吳，還把後面的發展前景說得天花亂墜的，但老吳就是不動心，淡淡然的。

這個時候，曾強拿了一個錦盒子進來，起初打開蓋子時，老吳瞄了一眼，見是塊普通石頭也就沒理會。曾強就說，外面一個客人想要賣掉這個東西，但沒說價錢，他也沒瞧出是什麼來。

張老大這才拿著這塊圓石頭瞧了一會兒，也沒覺得有什麼異常，心想要化驗一下才行，看看石質有什麼特別。

曾強便說道：「張經理，外面那個客人還說了，讓咱們把窗簾關上，把燈關了，我就想著，黑咕隆咚的瞧個什麼瞧？」

老吳一聽到這個話，頓時一怔，當即道：「你把石頭給我瞧一下！」

張老大把手中的石頭遞了給他，老吳拿在手中瞧了瞧，又用手指輕輕在表面敲了敲，然後又拿到強光燈下仔細端詳，慢慢地旋轉著瞧看。

沉吟了一會兒，老吳對曾強說道：「你把窗簾拉上，把燈關了！」

曾強疑惑地把窗簾拉上了，然後又把開關一關，房間裏頓時黑暗了下來。

但就在房間黑下來的那一刹那，老吳手中的石頭就亮了起來，散發出綠幽幽的光來，而且光彩還有越來越強的勢頭！

張老大、曾強、老吳三個人的三張臉在綠光下顯得很古怪，張老大跟曾強首先叫了起來：「夜明珠！」

「對了，就是夜明珠！」老吳點點頭，神情很是激動，甚至手都有些顫抖起來：「一直以來，夜明珠都只是傳說中的寶物，我也只在二十年前見過一次，那是在香港的拍賣會上，介紹說那是慈禧太后那件由百粒鑽石鑲出來的頂戴帽子上的三顆夜明珠之一，最後是以四千七百萬港元的高價，由英國一位收藏家拍下。在現場時，拍賣師曾做過一次試驗，把那顆夜明珠在強光燈下照射了五分鐘後關了電源，那顆珠子就發出了瑩瑩光彩，我坐的地方比較靠前，所以瞧得很清楚。夜明珠有鴿子蛋大，光彩奪目。不過，自那次過後，我就再未曾見過夜明珠了！」

三個人就這樣瞧著發光的夜明珠待了一陣，張老大忽然想了起來，趕緊道：「夜明珠的主人呢？快快快！」健步出了裏間，卻見到背著手悠然把玩著物件的周宣，怔了怔，又四下裏瞧了瞧，再沒別人，心裏便又驚又喜。

曾強指著周宣說著：「張經理，這就是那位客人！」

張老大當即把周宣拖著就往裏間走，邊走邊嘮叨著，老吳也已經把電源打開，跟了進來。

「你究竟在搞什麼鬼啊？這幾天把我弄得焦頭爛額的，你倒好，人卻消失不見了！」

張老大埋怨著，一邊瞅著老吳手中的那夜明珠又問道：

「弟娃，你知道你這東西是夜明珠？」

「呵呵，我當然知道。」周宣笑笑回答著，「聽小瑩說了，咱們這個店不是缺一個鎮店之寶嗎，想了想，我就把這個夜明珠拿過來了，夠不夠分量？」

「夠了夠了，非常夠了！」張老大忙不迭地說著。不過著實奇怪，自己這個兄弟簡直跟個神秘人一樣，又有超強運氣，之前不知道走了什麼狗屎運，賺了幾個億，別墅、車子、漂亮得跟仙女一樣的女朋友，什麼都有了，回一趟老家又撿到個破石獅，一剖就剖出了價值兩千萬的黃金……那個石獅子還可以推在當年那個老道士身上，但這個夜明珠又是怎麼回事？

「這顆夜明珠，是我在洛陽一個石洞裏無意中得到的，特地拿來給咱們店撐門面！」周宣笑著說。

張老大差點沒暈過去，他不是忌妒周宣這個兄弟得到的好處，只是不敢相信，一個人的運氣竟然會好到這個程度，就算是天上掉塊餡餅下來，也不會砸得這麼準吧？

周宣有異能冰氣，當然測得出價值，但他的基本常識知識可就差得太遠。在這方面，真正懂的只有老吳。

「你們仔細看看！」老吳把夜明珠放到茶几上，轉動著珠子：「這顆夜明珠的形狀，比我當年在香港拍賣會上見到的那一顆還要略大一些，而且光源還要強一些，光長度、均勻度都要比那一顆好。夜明珠的好壞，一般是以吸光的時間、顏色和發光的持久度、均勻度來判斷的，按這樣來看，這顆夜明珠的價值應該超過當年那一顆的價值。」

說實話，周宣自然不大關注這顆夜明珠的價值，能值多少錢他心中有數，不過聽老吳說那些珍寶軼事倒是比較喜歡。

老吳盯著茶几上的夜明珠又道：「夜明珠這種寶物，是歷史以來最爲神奇和最寶貴的珍寶之一，就因爲它的神秘和珍貴，又極度稀有，所以成了神話中的珍物。」

曾強聽得正有趣，見老吳咂著嘴，顯然是口渴，趕緊給他倒了一杯茶遞到面前。

老吳端起來喝了一小口，潤了潤喉，剛才不僅僅是別人聽得有趣入神，他自己也說得起勁，咂了咂嘴後，又說道：

「在古代，夜明珠又稱夜光璧、明月珠、隨珠、懸黎、重棘之璧、石磷之玉等等。據史籍記載，早在史前炎帝神農時就已出現過夜明珠，如神農氏有石球之王，號稱『夜礦』。春秋戰國時代，如『懸黎』和『垂棘之璧』價值連城，可比和氏璧。

秦始皇殉葬夜明珠，在陵墓中『以代膏燭』；漢光武皇后的弟弟郭況『懸明珠與四垂，晝視之如星，夜望之如月。以炫耀其富有』；武則天賜予玄宗玉龍於夜明珠，玄宗又回一清珠，光照一室；唐有車時，一顆名爲『水珠』的夜明珠售價億萬；

宋元明時，皇室尤喜夜明珠，元明曾派官員到斯里蘭卡買到紅寶石夜明珠和石榴石夜明珠；明代內閣曾有數塊祖母綠夜明珠，夜色光明如燭。」

周宣聽得津津有味的，問道：「老先生，可是爲什麼到了現代，夜明珠變得那麼少了呢？如果不是我碰巧得到一顆，我始終以爲那只是個傳說呢！」

周宣話是這樣說著，但其實他可是見得不少了。先是得到一顆六方金剛石的天外隕石夜明珠，發了第一筆最大的財，後來在美國天坑水洞中又見到那幾十顆夜明珠，但卻全被伊藤弄丟進地下陰河中，而這次，在洛陽深洞中又見到了十顆之多！

「你這話說得好，珍寶珍寶，就是因爲越稀有才越珍貴，如果夜明珠遍地都是，跟沙地石子一個樣，那還有什麼珍貴可言？」老吳笑呵呵地說著。

「中國遠古時期就有收藏玉石之類的記載，有人就提出，玉石之美，有五德，春秋時期，管仲又提出玉有九德一說，春秋晚期又有孔丘提出玉有十一德之說，幾千年下來，收藏

者們愛玉、崇玉、禮玉、賞玉、玩玉、鑑玉、藏玉，提出了諸多玉德之說，而夜明珠又是玉石寶石中的珍寶，玉中之寶，寶中之王，因此歷代帝王便壟斷獨霸了這種寶物，平常百姓不敢問津，甚至連看一眼的權力也沒有，這才使本已神聖神秘的夜明珠，更加神乎其神了！」

曾強摸了摸頭，有些發怔地問道：

「吳先生，既然夜明珠這種東西是存在的，那爲什麼現在幾乎沒有什麼傳聞，就算是電視新聞中也難以見到？」

「就因爲夜明珠稀有啊，傳說中的夜明珠具有彌彩，刀霞，心光，宇雷，上有彌天罡，下有乃地煞，合共愕天地。夜明珠採擷和孕育了天上日月星辰之皓光，太空中風晴雨露之潤澤，大地上山河萬木的精華，人世間的精、神、魂、靈之瑞祥融於一身，是以更顯其珍貴！」

老吳笑笑，搖了搖頭，嘆了一聲，道：

「宇宙上有彌天罡，下有刀地煞，合共凶天地。以近代來論吧，傳說慈禧太后頭頂鳳冠上有三顆夜明珠，其中一顆就是香港拍賣那一顆，我有幸見到，其他兩顆不知下落，但還有一顆更大名氣的，就是慈禧口中含著的一顆夜明珠，聽說此珠分開是兩塊，合攏就是一個圓球，分開透明無光，合攏時透出一道綠色寒光，夜間百步之內可照見頭髮，慈禧含在口中是爲保屍體不化。」

周宣聽得有趣，心道：這顆夜明珠倒是跟我得到的那顆六方金剛石隕石夜明珠有些相像，都是分開成兩半，合在一起才發光，分開則不會發光，很是奇怪！

張老大愣了一陣，忽然又想起了一件關鍵的事，趕緊給老吳介紹道：「老吳，這個就是我兄弟周宣，他是我們這個古玩店最大的股東，是周張古玩店的老闆。」

說完，又對周宣道：「弟娃，這是洪哥介紹，我請來的我們店裏的掌眼吳代元吳老先生，對古玩鑑定有很深的造詣，在北京收藏界中，鑑定技術最少排前十名。」

張老大一邊介紹一邊偷偷朝周宣直眨眼，周宣微微含笑點頭。張老大的意思他明白，又吹又捧地就是想把老吳請下來。

周宣也明白，請一個技術高超的掌眼對一間古玩店是很重要的，雖然自己可以用冰氣測出物件的來歷真僞，但自己太懶散，也不想把自己捆在古玩店上面，要請到老吳那是最好的選擇，否則就算家底再大，收一店的假貨回來，還不是照樣賠個精光？

「您好，吳老先生，很高興認識您。」周宣笑著伸出手，「我叫周宣，您老叫我小周就可以了！」

老吳也笑呵呵地跟周宣握了握手，說道：「呵呵，算了，你們張經理逮著我就不鬆口，現在見到了小周，那也好，我就給你們一個確切的答覆吧，這個掌眼的，我做了！」

張老大不禁大喜，趕緊雙手握著老吳的手直搖晃：「吳老啊吳老，您老可是讓我擔了好

幾天的心，現在才落下地來啊！」

周宣又問張老大：「老大，周濤和我爸呢？」

「我們店裏訂了兩套紅木傢俱，呵呵，這個也是撐門面的，松叔見價格太貴，不放心，叫周濤到傢俱店親自押貨去了。」張老大苦笑著說。

周宣擺擺手：「算了，我爸就是那麼一個人，謹慎小心，錢的數目多了就不放心，呵呵。老大、吳老，咱們到店面瞧瞧吧，看看還需要弄些什麼，還缺少什麼！」

在店面裏，周宣瞧著門外詫道：「小瑩和盈盈兩個去哪兒了？怎麼不見人了？」

另一個守店的夥計陳叔華趕緊說道：「您是說小瑩小姐和另一個漂亮小姐吧？小瑩小姐帶著她逛街去了。」

周宣訕訕地對張老大笑了笑。女孩子就喜歡逛街購物，由得她們去吧，傅盈跟了自己也沒有鬆口氣，現在，只要她開心就好。

第六十四章

超級好運

張老大著實激動得不行，
這顆夜明珠的價值絕不會比那石獅子中的黃金價值低，
幾乎是又將這古玩店的規模憑空漲了一倍以上，
還沒正式營業，自己的資產已猛漲到了千萬以上了！
這兄弟的運氣實在是好得沒話說了！

老吳出來不到片刻，又回到了裏間，他的心思還是放在了那顆夜明珠上面。

張老大跟周宣聊了一陣這個店的情況。暫時沒有什麼貨進來，只交易了幾筆小生意，一出手也小賺了幾萬塊。雖然店還沒有正式開張，倒是有了進賬，也是個好兆頭。今天周宣一來，又把老吳頭兒的事搞定了，這又是件天大的喜事！

張老大在北京搞古玩時認識了一個朋友，前兩年那個朋友回了老家揚州，又開了一間古玩店，這次自己聯繫了他，想過去進些貨回來充實自己這間店，不過老吳頭兒沒答應，這店暫時又扔不下手，所以就沒去。

雖然有周宣的爸爸和弟弟妹妹看店，倒是沒問題，但一有生意那就麻煩了，他們對古玩都是一竅不通的。現在老吳頭兒答應了做掌眼，那自己就可以放心到揚州走一趟了。

對了，把周宣也叫去，這個兄弟的運氣實在是太好了，把他弄去，說不定還能行行大運呢！

就現在周宣那些經歷，張老大簡直都不敢想像，這會是一個人的經歷，有這麼火爆的運氣，不知道去買幾張彩票會不會中超級大獎？

也怪不得張老大驚訝，他跟周宣才相聚多長時間，自己就把百來萬的財富翻了無數倍，買了房，又有了豪華轎車，現在古玩店的股份又讓他平白增添了七八百萬的身家！現在，這古玩店有人脈，有關係，有金錢底子，要在他的經營下，一年半載的，總資產就會翻幾番，過得兩三年，說自己是個億萬富翁也沒什麼奇怪的！

想想這些，那都是因為有周宣這個兄弟啊！當初在北京剛見面的時候，還以為他是落魄的北京打工仔，好在自己沒忘記兄弟之情！

周宣瞧著店裏的設計和擺件，很滿意，笑道：「老大，你挺能幹的，這才沒幾天，你就把店搞成這樣了，呵呵。那個夜明珠就作為鎮店之寶吧，一來可以引來真正的大客，二來能增加我們店的名氣，有真寶才顯得有實力嘛，如果有客人要買的話，那夜明珠的錢就投入店中，再加大經營資金！」

張老大怔了怔，問道：「要賣掉？不是要作為鎮店之寶嗎？」

「老大，你怎麼這麼死腦筋！」周宣笑呵呵說著，「什麼寶物，其實都是浮雲，鎮店之寶也只是這樣一說，是用來招引客人吸引眼球的，打些廣告引來更多更大的商人，那才是我們的目的，開這個店，主要的目的不就是為了要賺錢麼？」

跟周宣聊了陣，張老大偷偷說道：「弟娃，剛才這個老吳頭兒一直跟我磨磨蹭蹭地不願意答應，你帶了這顆夜明珠一來，他立刻答應留下來了，呵呵，你可真是個福星！」

周宣拍了拍他的肩膀，說道：「老大，店裏就靠你了，這顆珠子有機會賣掉的話，看看能賣多少錢。不管這顆夜明珠賣多少錢，都拿來投入這個店中，資金不夠的話我再想辦法。」

張老大著實激動得不行，這顆夜明珠的價值絕不會比那石獅子中的黃金價值低，幾乎是又將這古玩店的規模憑空漲了一倍以上，還沒正式營業，自己的資產已猛漲到了千萬以上了！

這兄弟的運氣實在是好得沒話說了，傳說中的那些寶物在他手中皆是信手拺來！

周濤和周蒼松父子倆跟著傢俱公司的車一起回來了，監視著送貨搬貨的員工，生怕少了或者碰壞了。

看到周宣也在店裏時，周蒼松問道：「你過來了？聽小瑩說你累壞了，還在睡覺，這就出來了？」

周濤卻是欣喜地叫道：「哥。」

這幾日，他們父子倆瞧著張老大做了幾筆小生意，轉手又賣了出去，每筆利潤差不多都是兩萬以上，這份喜悅可是不得了！

就算一天只做一筆這樣的生意，一天就賺兩萬，那一個月不就賺六十萬？一年就能賺七百二十萬！這是一個什麼樣的天文數字啊？父子倆包括周瑩都是興奮得不得了，整天就是泡在店裏，最老古董的周蒼松也忘了老家的事了，半分也沒記得老家的地和橘子樹。

這古玩店的收入，一天就頂自家幹一年的收入，而且又輕鬆，哪像在老家，一年四季都累得半死的？再說，這個店雖然是張老大管事，但他們都知道本錢是周宣出的，張老大把股份也申報好了，依然是周宣的絕對股權，占一半，張老大百分之三十，周濤跟周瑩各占百分之十，說到底，他們家還是老闆，周宣才是這個店的真正老闆。

店是自己兒子的，周蒼松一丁點也不怠慢，把店裏的事當成自家的事，當成地裏的橘子樹一樣服侍著。

而張老大也把自己的位置擺得很正確，他心裏明白得很，周宣雖然不管事，但自己可是全靠他才有今天的局面，這一切都是周宣念著兄弟情誼才照顧他的，給了他這麼大的好處，他以後就得更加努力把這個店經營好，自己也就是一個管理者，不是老闆，要分得清。

把傢俱搬進店裏後，又需要擺設好，周宣怕麻煩，就說去找周瑩、傅盈兩個，想溜走。張老大趕緊道：

「弟娃，還有件事，你既然回來了，那去揚州進貨的事，就我們兩個去，店裏有老吳和松叔他們，也不用擔心了。老吳在，比我們兩個在都放心！」

「幾時走啊？」周宣心想，這事自己跑一趟是可以的，畢竟自己有冰氣，不上當，不走眼，去搞幾樣貨真價實的真品回來。店面的營業自己可以不管，但瞧貨進貨的事，自己還是瞧瞧好些，免得上了當，白損失錢。

張老大瞧著從裏間走出來的老吳，笑笑說：「有吳老看店，咱們明天就走，早去早回

吧！」

老吳捧著那個夜明珠錦盒站在賬務櫃檯裏邊，對張老大道：「去吧去吧，不過，你先來把這保險櫃打開，我把夜明珠放進去，這可是價值超過五千萬的寶物啊，可不能隨便亂丟。」

張老大一聽到老吳頭兒說的話，腿一軟，差點就摔了一跤！

「五……五千萬？」張老大趕緊到櫃檯裏面打開新買的小型保險櫃，一面顫抖著在想，這顆珠子值五千萬的話，那他們這間店的總資產立馬便達到八千萬之巨，他百分之三十的股份便值二千四百萬了，像這樣搞法，一兩年後，他便不折不扣的就是億萬富翁了！

老吳嘆息了一下，又道：「五千萬還是偏低的估計，夜明珠這種寶物歷來都是寶中之寶，十分稀少，實際價值只高不低。」

周宣笑笑說道：「張老大，你跟吳老商量一下，在報上或者是電視臺買個時段，打一下廣告。就以這個夜明珠爲噱頭吧，夜明珠再到保全公司申請產物保險。每天早上押運到店裏，下午收店再運回保險公司，這樣更能引起轟動。在未正式營業開業期間，夜明珠可以議價，可以觀賞，但真正賣掉，得等到正式開業的那一天！」

老吳和張老大聽了，都拿眼盯著周宣。

好一會兒張老大才道：「好你個弟娃，真是個做生意的好料子啊，還故意把這一攤子全扔到我頭上？」

周宣趕緊直擺手，一邊往店門外退，一邊道：「我也只是這麼想而已，老大，你們慢慢研究，我先走了，我這人就怕事多，怕麻煩。」

走到門邊，周宣又把頭轉回來道：「老大，你訂好機票吧，通知我時間，明天機場見！」說完幾大步便溜走了。

潘家園除了周宣他們這一排正式有規模的門面古玩店一條街外，還有個老市場：地攤市場。實際上，潘家園得名的來歷，就源自這個地攤市場。

潘家園舊貨市場名氣很大，後來文化局整頓改制，把文化市場正規化，便建了古玩街，但真正正式的潘家園卻是這個老市場。

古玩街建成後，潘家園老市場並沒有就此拆掉，依然有大部分地攤營業。不過古玩件的規模和人流就遠不如以前了，絕大部分都是些小件假貨，或是不值錢的掛件配飾，銷售的對象主要是來北京旅遊的顧客。

這一類的顧客通常都不是行家，價高的也不要，但幾十百來塊的倒是願意花，買回去做個來京旅遊的紀念。而這些物件，真正的價值只有售價的百分之幾，賣價雖然只有幾塊到百十來塊不等，但成本價極低，儘是些一本萬利的事。不過遊客買的挺多，銷量也挺大，利

潤也很可觀。

所以這個老舊貨市場依然存在，只是想要買真品珍寶，撿漏的行家就不會來這兒了，直接便去了新建的古玩街。

周宣從店裏出來後，沒有往古玩街前走，而是橫著進了老市場。老市場裏頗有些混亂的擺設，到處是地攤，一溜接一溜的，還別說，五花八門，樣樣都有。

周宣放出冰氣，慢慢走過去，從那些地攤上的貨物來看，玉石件最多，其次是瓷器，其他如銅件鐵器、錢幣，甚至連花材都有。

還有幾個藏人模樣打扮的攤主，他們的攤位更簡單，就是一大塊紅布鋪在地上，紅布上面擺上了貨物。

他們的貨物很惹人眼光，其中虎爪、羊頭骨這些更是讓人驚奇。畢竟在大城市裏的人都是生活在文明世界中的人，跟溫室中的花朵一樣，除了在電視和電影中，又哪裡見到過這些真傢伙？

不過，當周宣把冰氣運出去一探測後，不禁又有些好笑，所謂的虎爪、鹿骨都是假的，都是用塑膠雕刻出來再作舊，然後黏上毛的。雖然知道是假的，可是又不得不佩服他們的造假手法，用眼睛看，那根本就是跟真的一樣。

幾大玻璃罐的毒蛇酒，周宣也測到，酒是最普通的水酒，蛇倒是真的。但都是已經是浸泡過無效用的蘄蛇，就像熬藥後，喝完藥剩下的藥渣再撿起來，樣子雖然仍然是藥，但卻沒有藥性了。

其他如藏紅花、天山雪蓮、蟲草之類都是假的，其中只摻了微弱數量的真品。周宣當然也不認識，但他用冰氣就能測出真假。雖然沒見過真貨的樣子，但成分他卻是測得清清楚楚的。

難怪說現在的古玩市場都是鋪天蓋地的假貨，一不小心就打眼了，周宣不禁暗暗嘆起來，如果自己不是有這冰氣異能，真踏進古玩這一行的話，就是有再多的錢，那也能賠個乾淨！

想想也是，那些老虎鹿熊之類的，都是國家保護動物，殺了是要犯法的。周宣去過的大城市可以說都能見到這樣類似的地攤販，都有這些東西，哪能有那麼多珍稀動物被獵殺？想想這個道理就能明白，但被騙的人總是抱著僥倖心理。

周宣從頭走到尾，都沒能測出有一件是真品！

走出潘家園後，瞧瞧大街上的人流車流，周宣不禁有些頭痛，也不知道傅盈和周瑩幾時回來，本想自己搭了車回家，但又怕她們兩個找不到自己，又沒有手機聯繫，也沒有給張老大他們囑咐一下，周宣又不大想再回古玩店，去了肯定給纏住走不掉。

往前邊看了看，路口處往小巷裏十來米處，倒是有一家小吃店，再瞧瞧轉角處的對面停

車場，自己那輛布加迪布威龍很是顯眼。

周宣當即決定到小吃店吃點東西打發時間，在店裏正好能瞧到對面的停車場。要是傅盈她們回來取車的話，自己也看得到。正好試試北京的小吃有什麼不同之處吧。

周宣到小吃店裏坐下後打量了一下，店裏並不寬，只十個平方不到，分兩排靠牆有八張桌子，桌子之間的距離很近，顯得有些擠。

店雖小人卻不少，整個店裏坐了有十個人，只有一個男的，加上周宣就是兩個男的，其他全是二十來歲的女孩子。

看裝束，大部分都是上班族。女孩們身上的服裝各不相同，但看得出來都是公司制服。看來這個店的小吃應該是不錯。這時候正是中午，這些女孩子應該是在附近公司上班的白領階級，雖然都穿著制服，但身上頭上手上，包括指甲上都弄得與眾不同。

周宣的普通樣子顯然是引不起這些女孩子的注意，年輕的女服務生拿著單子過來問他：

「先生，你要點什麼？」

「我也不熟，你把菜單給我看一下。」周宣笑笑說著，來北京這麼久了，確實還沒有出來吃過小吃。

那女服務生把單子給了他。周宣拿著單子瞧了瞧，上面的小吃名連聽都沒聽過，便揀著名字好聽的點了：「嗯，要一碟奶油炸糕，一碟驢打滾兒，一碟艾窩窩，一碟糖耳朵。」

那女服務生呆了呆，隨即問道：「先生，您有幾位？還有朋友要來嗎？」

「就我一個人，怎麼了？」周宣奇道，「你們店還有限量？」

那女服務生訕訕笑了笑，道：「不是不是，您稍等，馬上就好。」

周宣又叫了一份奶茶。

周宣的樣子雖然很普通，但一下點了好幾份小吃，卻是讓店裏的人都注意到了，周宣自吸收了陰河洞裏那大金黃石的能量後，冰氣異能的能力大增，連帶著耳目都聰慧得超出常人許多。

旁邊兩個女孩子一邊吃著小吃，一邊低聲說著：「瞧這個土包子，吃個小吃顯擺什麼，要顯擺，到大酒店叫一桌的魚翅燕窩。」

周宣一怔，這兩個女孩子說的話他聽不到也還好，偏生得他耳朵又靈，一字不漏都聽到了，自己只是想嘗一嘗北京這些知名小吃，可半分也沒想過要顯擺什麼！再說，在這些妞面前又有什麼好顯擺的？

周宣抬眼瞄了瞄那邊的兩個女孩子，雖然是坐著，但身材看起來很好。藍色的制服穿在身上，該凸的地方凸，該凹的地方凹，模樣也挺俊，就是那眼光斜斜地不時瞄瞄周宣，很是瞧不起的樣子。

周宣淡淡笑了笑，自然沒心思跟這些女孩子爭什麼口舌，他要面子幹什麼，她們瞧不瞧

得起又有什麼干係，他有傅盈就夠了，這些女孩子雖然裝得很傲氣的樣子，但要跟傅盈比起來，連盈盈的一根頭髮絲也比不上。

喝了一口奶茶，周宣又聽到那笑話他的女孩子說著：「剛剛店裏那女孩子是幹什麼的，阿珍，你猜得出來嗎？刷卡買了三十多萬的珠寶，眼都不眨一下，長得又那麼漂亮，我看像是做小三的。」

那個阿珍唔唔笑著：「不過我確實很羨慕她啊，瞧瞧人家的皮膚，水噹噹的，可比咱們好得多了，又漂亮又多金，怎麼能不羨慕啊，就算是做小三，她也有本錢啊。現在的男人，特別是有錢的，哪個不是三個四個地養著？」

周宣搖搖頭，女人啊，除了八卦還是八卦，天生的！

這時，女服務生把小吃端出來了，擺了一大半桌子。

周宣這才有些傻眼了，他每樣叫的是一碟，而一碟是好幾個分量，四五碟擺在桌子上，瞧這個樣子，三四個人吃也足夠了。不過既然叫了也就算了，反正也不貴，每樣嘗嘗味道也好。

自己叫的這幾樣小吃當中，以奶油炸糕和驢打滾兒的賣相最好，金黃色的樣子加上香味，分外誘人。周宣拿起筷子夾了一個奶油炸糕，咬了一小口，很脆，又不綿口，甜而不膩，有香草粉和雞蛋的味兒，很是好吃。

吃完奶油炸糕，又嘗起驢打滾兒來，就像捲層的肉鬆蛋捲，一層一層的，外表果真是有點像驢子在黃泥中打了一個滾兒似的。不過吃到嘴裏，周宣就覺察出來了，這跟肉鬆蛋捲遠不相同，味道甜、香、黏，有很濃的黃豆粉的味道。

這個味道很熟悉，周宣小時候，老娘經常給他們炒黃豆，炒熟後又用小磨磨成粉，這個粉吃起來就特別香，周宣三兄妹都很喜歡吃。

接著又吃了艾窩窩，這個東西就像是滾的一個個雪團，雞蛋般大，是用糯米做的，摁成薄皮，裏面再包了餡兒。周宣咬開一半，看到餡裏有些芝麻和瓜子仁，品了品味道，應該還有桃仁、金糕、杏仁、青梅等等。

吃了這幾樣，周宣倒真是覺得很不錯。傳統的小吃出名自然也有它的道理。

一邊吃一邊盯著對面的停車場處，果然看到傅盈和周瑩兩個，提了幾個袋子在停車場處四下裏張望。不用說，周宣也猜到她們是到店裏去過了，找不到他才出來到停車場的。

周宣趕緊放下筷子，向女服務員招手道：「小妹，結賬！」

那女服務生疾步走過來，拿著單子算了算，說道：「您好先生，一共是四十八塊。」說著又瞧瞧桌子上的小吃，還剩了一大半，有幾樣根本還沒有動過，又問道：「先生，要不要打包？」

「哦，謝謝，我趕時間，算了吧。」周宣在口袋裏一摸，這一摸卻傻眼了！糟了！沒帶錢包，身上一分錢都沒有。這才想起來，早上換過衣服了，錢包忘了拿出來。

周宣有些訕訕然道：「不好意思，我忘記帶錢包了，你等一下，我叫朋友過來給錢。」

「切，還真是個裝闊的土包子。我就說了！」

周宣又聽到剛剛說他的那兩個女孩子嘀咕著，這下子，別的客人都將眼光盯到了他身上。

這時候，那兩個女孩子的聲音就大了些，店裏很多人都聽到了。

周宣倒真是臉紅了，趕緊溜到店門外，站在門口向傅盈和周瑩倆人直揮手，還「嗨」地叫了一聲。傅盈和周瑩兩個人都瞧見了，趕緊上了車。

周宣見她們瞧見了，也就鬆了一口氣，轉身卻見到那個女服務員緊盯著他，有些擔心他跑了吧。在小吃店還真沒遇到過像周宣這樣的，點了一大堆吃不完，卻又不帶錢。

周宣又回到店裏自己那張桌子邊坐了下來，也不好意思左右瞧，因爲現在店裏的人幾乎都望著他。

剛剛那女服務員跟著周宣到門外，看到他往別處招了招手，也不知道他是在叫誰，人又多，隔得也不近，又或者只是在裝腔作勢呢？越想越有點懷疑，哪有不帶錢的人還叫了這麼多？一定是吃白食的。

那兩個女孩子更是鄙夷，說話聲音也更大了。

周宣臉上也有些掛不住了，好像他真是一個混吃混喝的無賴痞子一般。唉，這才幾個錢啊？

店門外剎車聲嘎的響了一下。藍色的布加迪威龍停在了小吃店門外的路邊上，傅盈和周瑩笑嘻嘻走了進來。

傅盈驚人的美麗立即引起了店裏所有人的注意。她的確是太漂亮了！

那兩個剛剛嘲諷周宣的女孩子也怔了怔，那個阿珍低聲道：「這不是剛在我們店裏買首飾的那兩個女孩子嗎？怎麼也會來這種便宜地方吃東西？」

周瑩一進門便叫道：「哥，你怎麼不在店裏，卻跑了出來？害得我們好找！」

傅盈倒是沒說什麼，亭亭地走過來挨著周宣坐下，瞧了瞧臺子上的小吃，怔道：「你叫這麼多？看樣子挺好吃的。」

周宣嘆了一聲，說：「唉，早上換衣服了沒帶皮夾，還欠著錢呢，給錢吧。」

「呵呵，多少錢？」傅盈笑著問道，從提包裏拿出紅色的錢包來。

周宣伸了四根手指，比了比說：「四十八塊！」

傅盈嫣然一笑，從錢包裏取了一張一百元的鈔票放到臺子上。

周瑩坐在他倆對面，捧著臉蛋對周宣說：「哥，嫂子剛才在金店裏買了三十多萬的珠

寶，說是給我和媽的，又給爸和二哥一人買了一塊十一萬多的手錶，我不讓她買，可嫂子硬是要買！」

上次回老家時，魏曉晴給周宣家人都帶了禮物，傅盈這個真正的兒媳婦卻是兩手空空的落了面子，周宣知道她心裏不舒服，今兒個算是補了回來。

「別人買的當然不能要，但是你嫂子買的，買什麼你都要接著！」周宣笑呵呵說著，眼角稍稍掃了一下那兩個女孩子，卻見倆人現在都紅著臉低了頭。

就算是個傻子都明白了，周宣絕不會是來混吃混喝的痞子無賴，就衝外面那一輛漂亮的跑車，雖然不知道多少錢才能買到，但絕不是十幾萬的事。而傅盈剛就在她工作的金店買了三十萬的珠寶，剛才還在說著羨慕忌妒的話，卻沒想到有這麼巧的事，這個她們眼中混吃裝大款的土包子，居然就是那個有錢又漂亮的女孩子的男朋友！

周宣淡淡一笑，站起身說道：「走吧，回家了！」

傅盈和周瑩一左一右挽著周宣的胳膊，三個人一起走出店去。店裏的人都啞口無言地呆怔著，尤其是那兩個金店的女孩子。

愣了一會兒，那女服務員拿起桌子上的一百塊錢，才想到沒給他們找錢，剛要叫一聲，店門外，傅盈已經開動了跑車，布加迪威龍低吼著上了公路。

家裏，劉嫂早做好了午餐。周宣本來不餓，剛剛在小吃店吃過了，但怕老娘嘀咕，還是吃了一點。

吃過飯，劉嫂又端了一碟洗淨切成片的香梨，一人又吃了幾片梨。

等回客廳裏後，傅盈才把禮物盒子拿出來，送到金秀梅面前，笑吟吟地說：「媽，我送您一件禮物！」

「哦！」金秀梅分外喜歡這個兒媳婦，見她給的禮物，便接過開一看，是一條亮白色的項鏈，很漂亮。鏈子中間有一個吊墜，白色的包邊裏鑲著一顆閃閃發光的珠子，像玻璃一樣，只是有很多稜角，笑呵呵地道：「這條鏈子好看，看樣子應該是不便宜，得上千吧？」

周瑩伸了伸舌頭，傅盈卻趕緊笑笑說：「不貴的，挺便宜，也沒買貴的，媽媽，我給您戴上！」說著，拿了鏈子就到金秀梅背後給她戴到脖子上。

這條鏈子是鉑金鑲鑽，名師設計，價值是二十二萬元人民幣，而周瑩手上的那枚鑽戒便宜一點，但也值十一萬。

長這麼大，周瑩除了上次魏曉晴給過一份貴重的禮物外，就再沒見過這麼貴重的東西，就算是嫂子買的，她也不敢要。但傅盈硬是買下後，後來大哥又說可以收下，既然哥答應了，那就是沒事，也就高興收下來，女孩子嘛，有哪一個不愛珠光寶氣的呢！

傅盈給金秀梅戴上了項鏈後，又到正面瞧了瞧，笑說：「媽媽戴這條項鏈真漂亮！」

金秀梅笑道：「我老婆子一個，有什麼漂不漂亮的？」說著又拉著傅盈的手，都捨不得鬆開：「我的媳婦才叫漂亮呢，在老家，哪個不羨慕咱家宣娃子啊，就是在咱們縣城裏，打著燈籠也找不著比我媳婦更俊的女娃子了！」

傅盈微微有些臉紅，周宣誇她倒無所謂，但婆婆當著這麼多人的面誇她，還是有些害羞，當然，心裏還是高興著。

周宣見她們三個人如此和樂，忽然感覺到心裏一陣溫暖，這就是家庭的幸福吧！

傅盈又悄悄把裝鏈子的紅盒子塞到沙發邊的角落裏，這裏面可是有發票的，等找個機會拿走，讓周瑩藏起來。

周宣順手又把那鏈子拿了過來，取出發票瞄了瞄，價錢倒是沒引起多大的驚詫，想來傅盈也沒有覺得太貴。

周宣瞄了一眼，見到珠寶單據上面有「陳氏珠寶」四個字樣，嘴裏默默無意念了一聲「陳氏珠寶」，然後把發票單據塞進盒子中丟到角落裏。

過了一會兒，周宣才道：「媽、盈盈，我明天要到揚州一趟，可能會有幾天才回來吧。」

「去揚州？才回來又要跑出去幹嘛？」金秀梅有些不樂意。

傅盈呆了呆，道：「我跟你一起去！」

「盈盈，」周宣摸著頭，有些訕訕道：「你還是別去了吧，我跟張老大到揚州古玩市場淘幾件貨回來，張老大已經訂好了機票，我們辦完事就會趕緊回來，你沒必要再跟著去了，好好在家裏休息。」

「我要去！」傅盈很固執地說著。

「也好，盈盈要去，你就讓她跟著去吧，有媳婦看著也放心一點！」

金秀梅也贊同傅盈跟著周宣一起去。當然，她心裏的意思是如花似玉的媳婦跟著兒子一起，說不定便辦出好事來了，早點給老周家添孫子！

傅盈可不明白金秀梅的意思，她只是不想跟周宣分開，哪怕一天都不行。

周宣知道傅盈的意思，之前因爲要到危險的地方，她是擔心周宣，但這次去揚州卻是普通的行程而已，瞧著傅盈不情願的表情，笑了笑，忽然有了辦法，呵呵道：

「媽、盈盈，我跟張老大進點貨回來，我們的店才能開張，本來是想著在家裏籌辦跟盈盈婚禮的事，我看，這事就麻煩媽了，幫著傅盈置辦一下吧。」

傅盈臉一下就紅了！

金秀梅怔了怔，隨即也笑呵呵道：「好好，就讓媳婦在家裏吧，我反正也沒什麼事，就陪媳婦添置結婚要用的東西。」

周宣笑嘻嘻上了樓，傅盈的心理他可是抓得死死的。別看他打不過她，可傅盈還是要聽

他的。

在床上躺了一會兒，又練了練冰氣，休息了這幾天，冰氣也恢復到了最佳狀況，瞧了瞧左手，膚色正常，沒有金黃的顏色。又想，既然冰氣異能能轉化物質的分子，將物體轉化成黃金，那爲什麼不能永久性地變成黃金呢？要是能轉化成永久性的黃金，那自己不就發了，根本不用再想掙錢的事，天底下隨手什麼東西都是黃金了！

還是別貪心了！周宣暗暗又罵了一聲自己，真是人心不足蛇吞象啊，自己靠著這冰氣異能發了平常人根本不能想像的橫財，自己卻還不知足，可以想像，人類的貪念有多強啊！

第六十五章

知人知面不知心

張老大特意留了一個心眼，
俗話說，「知人知面不知心」嘛，
畢竟在賀老三手上吃過虧了，逢人留三分是有必要的。
自己不說幾時來，那這個朋友肯定也不會確定他來不來，
也就不會花心思來做陷阱了。

張老大把店裏的事都交代好了。店裏的財務就交給周瑩打理，周濤給老吳打下手，學學掌眼的經驗和技術，曾強和陳叔華做店裏的打雜和進出貨的工作。

周宣的老爸周蒼松就像一個總管，哪裡需要就往哪去，鄉下人幹慣了活，就算是搬貨運貨，他也絲毫不擺店老闆的架子，跟兩個夥計和二兒子一塊兒幹力氣活兒。曾強和陳叔華倒是喜歡這一家子人，都沒有一般老闆那種盛氣凌人的架勢。

古玩店租店和置買的一些器具和傢俱以及裝修之用，總開支不到一百萬，賬上尚餘一千九百萬，張老大留了五百萬的可支配資金給老吳，作爲臨時的流動資金，如果有急事或重要支出，就直接找周瑩調集剩餘現金。

周宣卻是不管，樂得逍遙，這才合他的心意。

第二天上午十點半，張老大跟周宣倆人搭乘了到揚州的航班。

傅盈沒有太堅持跟去。畢竟這次也沒有什麼危險的事，周宣又囑咐了讓她跟金秀梅準備籌辦婚禮的事，雖然很害羞，但心裏還是期盼著這一天，以後就可以跟周宣明正言順地在一起了。

揚州，地處江蘇中部，長江下游北岸，江淮平原南端，是上海經濟圈和南京都市圈的節點城市，向南接納蘇南、上海等地區經濟輻射，向北作爲開發蘇北的前沿陣地和傳導區域，素有「蘇北門戶」之稱。

周宣對揚州的熟悉，其實是因爲金庸的《鹿鼎記》。他很小的時候就看了這部書，別的不知道，倒是知道揚州是古時最有名的煙花之地，古詩尙有「煙花三月下揚州」一詞，雖然此煙花非彼煙花。

張老大跟他揚州的朋友事先聯繫過，但並沒有告知確定什麼時候到。

張老大特意留了一個心眼，俗話說，「知人知面不知心」嘛，要是說了什麼時候到，也不敢就保證這個朋友不弄些假貨來糊弄他。畢竟在賀老三手上吃過虧了，逢人留三分是有必要的。自己不說幾時來，那這個朋友肯定也不會確定他來不來，也就不會花心思來做陷阱了。

下了飛機，在江都機場外攔了計程車。車上，周宣笑說道：「老大，什麼事你都做主啊，你是經理，我就只是一個跟班！」

「那是當然的！」張老大得意洋洋道。在周宣的爸周蒼松面前，張老大還是規規矩矩的，但在周宣面前，張老大就得意起來了，不在周宣面前得意一下，顯不出他經理的身分和威嚴。

張老大小時候就是悶騷型的人，周宣明白得很，這次又只有兄弟兩個人，感覺就好像回到十多年前的小學時光。

倆人先找了一間酒店住下來。張老大的意思是，先到揚州的古玩市場摸摸底後，再去他朋友那兒，一來知道行情底細要好一些，二來搞突襲，更不容易讓他那朋友有準備，這樣其實是最好的。

在酒店裏洗了個澡，又換了身衣服，兩個才嘻嘻哈哈出了酒店。按張老大的說法，今天不談正事，逛逛街，瞧瞧揚州妹妹，玩玩揚州花花世界，這才是大事。

不過，倆人逛了一兩個小時，腿都快走斷了，也沒見到有什麼好去處。酒店飯店倒是見到不少，三溫暖夜總會也有，周宣不願意去，張老大就罵：

「弟娃，你現在挺會裝的，以前是禽獸，現在是禽獸不如。」

既然周宣一定要「禽獸不如」，張老大只得罵罵咧咧又逛起街來。

周宣有了傅盈，凡脂俗粉瞧不上眼也正常，可好不容易解脫一下，來到了花花世界，不禽獸一下也實有不甘！

不知不覺間逛到了揚州老街。因爲揚州古城老街歷史文化悠久，老街作爲文化古蹟而得以保存下來。

揚州老街作爲旅遊重點而得到大力開發，遊客眾多，揚州本身也與很多國外城市成爲友好城市，其中有美國肯特市、西港市，緬甸仰光，德國奧芬巴赫市，義大利里米尼，荷蘭布雷達，日本唐津、奈良，韓國慶州等等，因而國外遊客也很多。

凡是旅遊城市都有最大的一個特點，那就是吊飾掛件、古玩件一類的特別暢銷，這是每一個旅遊城市賺取遊客現金的一個方式。揚州老街像這樣的攤位就特別多。

既然來到了這兒，張老大也耐住了性子，本身是幹古玩這一行，這些地攤上也頗多玉石玩件，甚至還有些瓷器，張老大興趣一下子就來了！

瞧了瞧攤上的玉石器件，張老大停下步子，拿起一個紅黃顏色的麒麟雕刻看了起來，然後又拿了一個白玉觀音像瞧了瞧。

攤位老闆是個二十來歲的青年，正在埋頭吃著泡麵，見到張老大的樣子，趕緊放下麵，抹了一把額頭的汗水，臉上堆著笑臉說道：

「大哥，要買麼？呵呵，我這可都是貨真價實的東西，都是真玉！」

他這話說得挺順溜，不僅周宣笑了，連張老大也笑了，雖說不算高手，但張老大也在這行中擺弄了四五年，比一般的入行者還是要強很多，周宣要不是有冰氣異能，那也還是遠為不如他的。

那年輕老闆見張老大和周宣一笑，馬上急道：「你們不信？我試給你們看！」

說著拿了一個打火機，又伸手在頭上拔了幾根頭髮，用打火機點燃了其中一根，「滋」的一聲，那頭髮立即燃了起來，空氣中頓時傳來焦臭的味道。

那青年又拿起張老大看過的那白玉觀音說道：

「你們知道嗎，玉是石頭中的寶貝，有水分，把頭髮放在玉上面是燒不燃、燒不掉的，你們瞧！」

說著，又把頭髮按到那玉石觀音像上，把打火機打燃，然後伸過去燒那貼在玉觀音上的髮絲，燒了五六秒鐘，髮絲完好無損。

那青年滅了打火機，然後得意道：「瞧見沒有，要是假玉的話，這時髮絲就毀了，我這兒不賣假貨！」

周宣覺得有趣，這些物件，他用冰氣早測過了，沒有一件是真的，但這攤位小老闆拍胸脯保證貨真價實的樣子，著實令他覺得搞笑。

這個手法周宣不清楚，但張老大可是明白得很，別說是玉，就算是一塊普通石頭，把頭髮貼在上面燒，那也是燒不壞的。

倆人笑笑轉身往前走，那小老闆還不捨地叫了幾聲：「大哥，好商量嘛，你開個價，生意是做的，你出價我還價，大家有商量。」卻見倆人已經去得遠了，不由得惱了一聲，隨即又端起麵碗吃起泡麵來。

張老大笑了笑，正要跟周宣說話，忽然衣袖被人輕輕拉了一下，轉身就見到一個清秀女孩子站到他旁邊，不由得一怔：難道真有豔遇？

那女孩子卻是湊過身來，在手中亮了一個玉珮，低聲說道：

「大哥，你們是不是要買真的玉？」

張老大立即警惕了起來，有道是一朝被蛇咬十年怕草繩，心裏想著的馬上就是騙子！周宣卻覺得奇怪，這個女孩子手中那塊玉珮質地不算得頂好，但也是蛋清的翡翠，是個貨真價實的真東西！

周宣約莫估計了一下，女孩子的玉珮至少值個萬把塊，又有些年份，便對張老大道：「瞧瞧吧。」

聽到周宣出聲了，張老大怔了一下，心道：原來弟娃是好這一口啊。瞧這妞兒清秀可人，難怪剛才那些風月場所不去，這妞兒一勾引便動心了，看來他喜歡學院派、制服風的！

「給我瞧瞧！」張老大向那女孩子伸了伸手。既然周宣開口了，這東西他也先過過目，看看真假，估摸一下這個女子是騙子還是想要用色相勾引。周宣哪裡知道張老大齷齪的想法？

那女子忽然一下把玉珮揣進了衣袋裏，左右瞧了瞧才低聲說：「這裏不方便，你們跟我來吧。」

這種勾當，張老大見得多了，通常是一個人拿了個真件引誘，然後到沒人的巷子裏便出來幾個彪形大漢洗劫你！當即拖了周宣道：「不給看就算了，走，找個地方吃東西！」

那女子頓時有些急了，說道：「你們怕什麼呢，我一個女孩子，你們兩個大男人，在這

兒是不方便，瞧你們的樣子也像是懂行的，如果真想要的話，我還有一些真件，你們跟我去瞧瞧吧！」

張老大雖然好色，但腦子裏的分析能力是有的，這個女孩子給他的第一感覺便是騙子。不管怎麼瞧都像，即使模樣清秀一點，對他也是沒有半分誘惑力，他喜歡的是那種成熟風騷型的，夠勁兒！

「去瞧瞧吧，老大，反正咱們也沒啥別的事！」周宣衝張老大笑笑說著。

「去去去。」張老大哼了哼，嘴裏嘀咕著：「禽獸啊禽獸！」

那女孩子在前邊帶路，張老大和周宣在後面跟著，起初張老大有些提防，但見那女孩子帶著他們並沒有往無人的小巷子裏去，而是朝著人多的大街的方向，心裏倒是安心了些，心道：就算她準備了有人搶劫，在人多的地方，怕是也不敢出手吧？

那女孩子到了一個路口，四下裏瞧了瞧，又對周宣和張老大低聲道：「趕快上車！」說著，把停靠在路邊的一輛麵包車門拉開，鑽了上去，又在車裏向張老大和周宣招手。

這麵包車的玻璃是茶色的，車裏面還掛了窗簾，遮得很嚴實。張老大猶豫了一下，周宣卻是邁步就上了車，張老大也只得彎腰鑽進了車裏。

那女孩子迅即把車門關上了，朝前面叫道：「清楊，開車。」

周宣和張老大倆人這才打量著車裏面，這個八人座的麵包車裏，司機駕駛座後面是一排橫座位，再後面靠左邊一條有兩個座位，其他地方都是拆了座位的，空著。大概三分之二的地方都沒有座位，此時這些地方擺滿了一些紙箱子。

那女孩子打開頭頂上的燈，車裏面立時照得很亮，車窗上都有窗簾遮得嚴嚴實實的，外面也看不進來，那女孩子還把與駕駛座後面的空間也拉起了一道布簾子，頓時，從外面看的話，不管是哪個方向都是看不到裏面的。

這倒是一個很好的移動交易場所，比那些地下的安全多了。張老大這時才不得不讚嘆起這女孩子的想像力，做生意都做到了這個份上。

那女孩子瞧他倆的臉色，微笑道：

「你們也別奇怪，做我們這一行的，逃漏稅是極正常的，古玩交易的徵稅是很高的。因爲某些很珍貴的物件，動輒數十上百萬，就算交納百分之一的稅，那也不是一個小數目，我們這樣做，也只是想多賺一點錢而已。」

「逃稅漏稅那也不只是我們，幾乎是潛規則了，像我們這樣的移動車輛交易，在揚州，不少於一百個！」那女孩子說著，然後又打開了幾個紙箱子：「其實在車上最好，車在大街上開著，又安全又省事，你們慢慢看，慢慢驗，等驗好貨談好價錢再決定交易，這樣很公平也安全。」

張老大當即蹲下身子瞧著紙箱裏的東西，有一件青銅古銹斑斑的雙耳壺，兩件瓷器，一件木雕碗。

青銅雙耳壺和那木雕碗一瞧便是有很古舊的感覺，張老大心裏一跳，看到銅器便有些驚醒。上次吃賀老三的大虧便是栽在了銅器上，但今天的這個銅壺依然讓他有一種心跳的感覺！

做哪一行就對哪一行的物事感興趣，張老大按捺住心跳，又瞧了瞧用泡沫塡塞著空隙的那兩件瓷器，不禁又是一愣！

這兩件瓷器一件是梅瓶，一件是青花龍紋瓶，分明就是明時期的青花！

這幾樣，除了那個木雕碗，張老大沒興趣外，另外兩件，件件都是値大價錢的玩意兒！

張老大愣了一下後，隨即把周宣拉到身邊蹲下了，然後把那青花梅瓶小心拿了起來。

這時車速開得不快，公路又極平穩，幾乎便跟停著的時候沒什麼區別。

張老大指著瓶上的花紋說：

「弟娃，你瞧這個。這個梅花的顏色有一些淡藍，暗灰，還有略微的暈散現象，紋飾佈局多層，應該是明初期的青花。明初的青花顏料多爲國產貨，少進口。能確定時期的有幾點，梅花莖梗留白的手法只有明朝初期有，花瓣留白比元宋唐時期的更明顯，你看看！」

周宣瞧了瞧瓶子上的梅花顏色，果然如張老大所說。

張老大說完，把瓶子輕輕放進紙箱泡沫中，又拿起了另一件龍紋瓶，說道：

「你再看這件，瓶身上的龍紋細長，龍有五爪，樣子像哪吒的風火輪一般，如意雲頭是二階雲，在明以前，龍紋青花瓷，龍一般只有三爪四爪，出現五爪的只有明初，明以前的龍紋青花龍形兇猛，如意雲是三階雲，你看看。」

說實話，張老大說出這些來，周宣倒是有些佩服他了，肚子裏還是有點東西的嘛。

張老大再把瓶子底部翻過來，下面的款識果然是「大明洪武七年」！

周宣之所以沒先用冰氣異能探測，就是想試試張老大跟自己的真正水準，在沒有異能的情況下會有怎樣的表現。

張老大這些話倒是有些真功夫了，幾年的古玩也沒白玩，要叫周宣來說，自然是說不出來這些區別的。

張老大又仔細瞧了一陣，確實有些激動了，沒料到在到目的地之前就遇到了這麼好的東西，有這幾樣拿回去，足夠鎮得住店，撐得開臺面了！

張老大努力平靜了些，然後回頭瞧著那女孩子，問道：「小姐，你這幾件，都是些什麼價？」

「你們別叫我小姐，在我們這地方，小姐是另有含義的，我的名字叫李清。你們叫我小李也好，叫我名字李清也好，就是別叫小姐。」

那女孩子笑嘻嘻說著：「你們果然是行家，東西的好壞我也就不說了，那件青銅壺是隋朝時期的，一口價，六萬！明初青花梅瓶六十五萬！龍紋瓶一百萬！」

說實話，這個價錢，張老大認爲絕不高，真正的青花價值他清楚得很。而這兩件瓷器的真僞他也仔細一一目測過，百分之九十五以上可能是真品。如果好好操作一下，這兩件瓷器的單價絕對會超過兩百五十萬以上，轉手就能純賺超過一倍的利潤！

張老大想得心裏頭發熱，李清的價錢也讓他心動，正在思考猶豫著。

然而，在張老大沉思時，周宣卻瞄到李清臉上閃過一絲極爲隱藏的笑意，雖然是一閃即逝，但周宣卻是看得清楚。

頭腦發熱了！周宣馬上想到張老大的問題，老大就是頭腦發熱了，估計是有陷阱！

一想到陷阱，周宣也慢慢定下心來，這才感覺到一些可疑。

這個李清，年紀輕輕的一個女孩子家，怎麼會隨便在大街上拉兩個陌生人來談百十萬的生意？就算拉客也不可能談到這樣的價錢，如果不離譜的話，興許幾千一萬的還會有人上當，但到了幾十上百萬的級別，便沒那麼簡單了。李清又怎麼會知道他們能拿得出這麼高的價錢？難道是知道他們的底細？

周宣當即湊到張老大耳邊，用極輕的聲音問道：

「老大，你那揚州的朋友叫什麼名字？」

張老大怔了怔，然後也用只有他兩個才能聽見的聲音悄悄說：「方志國。」

周宣點了點頭，這才抬起頭朝李清笑了笑，把冰氣探了出來。

這一探，周宣心道，果然是陷阱！

那青銅、木雕，兩件青花，無一不是假貨贗品，特別是青花瓷，做工倒是極致，瓶本身也的確是明初年燒製的，只不過是殘次品，是廢品。

一般的官窯出的殘次品，或者是前期上釉時的次品，通常都會打碎了廢棄，完整的殘次品可就跟真品一樣難尋，但也不是絕對沒有。瓷器的次品做得最真，不外乎用高科技手段做出來的，這個周宣倒是見識過了。

用老瓷碎片黏合再被老釉過火重製，就算用高儀器化驗，那得出來的結果依然是老古真品！

周宣倒也不怪張老大分不出真僞，當年，周宣就見到好多老手都倒在了這上面！

如果不是因爲有冰氣異能，周宣遠不如張老大，但瞧出是贗品後，怎麼想怎麼瞧，都覺得處處是破綻了。

而且周宣越來越覺得這個李清簡直就是專門衝著他們來的。能跟陌生人隨便便談起幾十上萬的生意，那絕對是知道底細的人才會做得出來。

只是，自己跟張老大過來時並沒有跟他那朋友說。不過，他那朋友既然是在北京混過

的，肯定有熟人朋友在北京，隨便托一個人給點錢盯梢，又哪裡會不知道他們的行蹤？

在以前，周宣肯定覺得這樣的事很意外，但現在的他可不是一個單純的菜鳥了，為了錢，很多人能幹出很多意料不到的事出來，這樣想的話，李清的出現便不奇怪了。

周宣又想起剛剛在老街時，李清拿的那個玉珮倒是一個真品，雖然價值不太高，但的確是唯一一個真東西，從花的功夫上來看，李清這個局絕不是普通人設出來的，後面肯定有行中的高手。

當然，周宣只是估計，也不敢肯定李清是否與張老大那個朋友方志國是一夥的，不過他覺得極有可能是聯繫好的。

張老大在沉吟了這一會兒後，也不再瞧了，將龍紋瓶放回箱子中，然後拉了周宣坐回座位，看著李清裝作淡然地說：「東西呢，初步目測還行，不過也不能確定，只是這樣交易沒保證，而且你的價錢太高了。」

張老大的話，便是周宣也聽得出話中的意思，不是不想要，只不過是想壓壓價而已，這樣一說，不上當才怪呢！

果然，李清微微笑了笑說道：「看兩位的手法眼光，就知道你們是行中的高人，既然是行內高人，想必你們就知道真正的價值，我說的那個價，到底高不高，貴不貴，你們可是明白得很，呵呵。我們這樣做，貪圖的就是少交一大筆稅錢嘛，而且有些東西的來處又不能見光，所以價錢才會比行價少很多，你們兩個都是明白人的。」

張老大當然是明白的，摸著下巴，又瞧了瞧周宣，這才含糊說道：「說個總價吧，那三件，青銅壺，兩件青花瓷，你最少開多少？」

李清笑笑道：「價錢也已經說了，生意是談的，有賣價，當然就會有還價的，兩位如果有誠意的話，先還個價，合適再談。」

這個時候周宣才覺得，一開始看這個李清，清清秀秀的樣子，像個大學生一般，現在看來，說話滴水不漏，端的了得！

「一百萬！」張老大捏著拳說了這個價，一邊瞧著李清的表情，自己都覺得這個價還得有些離譜了，別說三件，就是那兩件青花，單件就能值兩百五十萬以上，兩件加起來超過五百萬，就算按照李清所說的價格買下來，那也才一百六十多萬，轉手就能賺三百多萬，這個錢，來得可真快！

當真是窮人找個錢難，富人找錢好像找紙一樣，怎麼撿還怎麼有！

周宣也明白，如果這幾件是真品的話，一百萬的還價確實有點狠，不過東西是假的，李清也只不過是佯裝，吊胃口，想多釣點錢而已。

「一百萬也太狠了。」李清皺著眉頭，有些爲難，但眼底深處卻蘊藏著喜悅，這一絲神色沒逃過周宣的眼睛。

「我就再讓讓步，說個公道價吧，一百五十五萬，你們說怎麼樣？」李清沉吟著又說道，「再低也就不行了。」

張老大當即道：「一百五十五萬多了個零頭，我看就一百五十萬吧，你乾脆我們也乾脆，怎麼樣？」

李清咬了咬牙，偏著頭做了個嫵媚的樣子，嘆了嘆道：「好吧，就算跟兩位認識了，交個朋友吧，以後再多打交道。」

還多打交道！周宣倒是敢肯定，只要交易一完，李清立刻就會消失無蹤，這輛車也許就是個出租車而已，要再見到她，可就難了！

「支票，還是轉賬，還是現金？」張老大問道。

李清淡淡一笑：「當然是現金了，做咱們這個的，最安全的還是現金！」

如果要現金的話，憑張老大和周宣倆人的銀行卡在銀行也能套現出來，周宣是超白金用戶，提大額現金是有特殊待遇的。再說，一百幾十萬對普通人來說是大數，對億萬富翁們來說，那只是極正常的小消費而已。

「那你讓司機找間大銀行停下，最好是外商銀行，我們去取錢。」張老大瞧了瞧窗外，但窗簾擋住了。不過，就算看得到，他也搞不清是哪兒。對揚州，他們兩個都陌生得很。

李清笑嘻嘻拉開了隔住前面的布簾子，對那司機說道：「把車開到前門區的招商行那兒。」

說完，李清又從坐墊後邊拿出一個旅行包出來，指著那幾件東西說：「我們有盒子包裝，等你們取了錢上車再驗過貨，你們自己包裝，一手交錢一手交貨，公平交易！」

「行，大家都是爽快人！」張老大笑呵呵說著，心裏很是興奮，這一趟行程倒真算得上順利了，意外啊，還沒找方志國就先自個兒碰到了這麼好的事。事情也辦了，又還超乎想像地滿意，趕明兒請方志國吃頓飯就算了，直接打道回府。

周宣也是笑吟吟的，只是不說話，瞧著李清悠然自得的表情頗爲有趣。的確，看著騙子在面前表演，有時也是一種享受。

李清並沒有把周宣過分看重，因爲一直在做主和表現得比較在行的，就只是張老大而已，而且張老大似乎能做主，說價還價都是他，顯然他是老闆。

車子在招商行門前左側的公路邊上停下了，李清笑吟吟地主動把車門打開，等周宣和張老大下了車後，說道：「我在車上，半個小時應該夠了吧？」

張老大擺擺手急道：「不用不用，最多十來分鐘！」

周宣瞧著李清，笑了笑忽然問道：「李小姐，替我向方志國方先生問候一聲！」

李清呆了呆，隨即臉色刷白了起來，但趕緊又強忍著震驚，強笑道：「你說什麼？呵呵，不懂你的意思！」

周宣擺擺手，轉身跟張老大施施然往銀行那邊走過去，然後拍了拍他的肩膀，道：「老大，咱們還是先去吃點什麼吧！」

張老大一怔，轉身瞧著李清那輛車說道：「不是取錢做這筆生意嗎？這會兒還去吃什麼飯？」

周宣把冰氣探出去，他們站的地方與李清的那輛車相距只有十二三米遠，冰氣輕鬆便探了過去。

車裏，李清正惱火地低聲說著：「見鬼了，他們是怎麼瞧出來的？對了，志國搞什麼鬼？不是說就是那姓張的嗎，怎麼又多了個人出來，瞧瞧剛才的情形，就是那個不認識的年輕人發現了吧？」

前面那個司機也很奇怪：「是啊，看他年紀不大，應該沒那麼好的眼力，我們這種貨可是把多少行家都騙倒了，他這個年紀的又怎麼會懂得？而且還沒經過任何儀器的檢測，咱們這個貨，就是有儀器檢測，那也是穩穩當當明初官窯的，我估計，」司機沉吟了一下又道：「我估計，可能不是瞧出貨是假貨，而是瞧出別的破綻了吧！他們剛上車的時候，那可絕對是兩個肥羊的表情！」

周宣呵呵一笑，把冰氣收了回來，這個李清果然是跟方志國有關，看來，以後還得更加小心了。騙局陷阱當真是處處都是，防不勝防啊。

這事還得怪自己，剛剛測到李清那玉珮時，覺得是真東西，便覺得她肯定是想賣了應急，所以估計她還會有別的珍品。

張老大那時還比自己更加有警惕心一些，一直防著，是自己扯了他來的，也怪不得他。再說，那些贗品做得確實不同一般，張老大上當也就在情理之中，好在自己的冰氣又救了一回難！

第六十六章

仇人相見

其中一個人回過頭來，周宣跟他一照面，
不禁都是一怔！這個人竟然是方志誠！
陳三眼的小舅子，靜石齋的經理，把自己趕走的方志誠！
周宣驀然間又想到，方志誠，方志國，不知道倆人有沒有關係？

「老大，剛剛聽我跟李清說什麼了沒有？」周宣笑問著。

「跟她說什麼？」張老大回憶了一下才道，「對了，你說替你向方志國問候一聲，怎麼……」

張老大怔了一下後，隨即猶如被人扇了一耳光似的呆了起來，好一陣子才抬起頭，再看李清那車時，麵包車早不見了蹤影！

張老大呆愣了一陣，隨後給了周宣一拳，惱道：「你知道是騙局了？爲什麼不跟我說？」

周宣笑道：「剛才在車上我怎麼說？再說，要是那樣說出來，那個司機油門一踩，把咱們兩個拉到他們的地方，那咱們豈不是叫天不應叫地不靈，任人宰割了嗎？」

張老大又是呆了一陣，抓了抓頭，不解道：「只是我不明白，那東西可不是假貨啊，你從哪裡瞧出不對了？」

「那兩件青花瓷，我以前碰巧遇到過類似的。」周宣訕訕說著，「老大，不是說我眼力比你好，我只是剛好碰巧見那種手法，是以真貨的舊廢胎底再入窯燒製的，這東西用高科技設備驗的話，得到的結果也是真品。這個是專門對付那些老手的。能玩出這手法的，都不是行外人，所以我就懷疑他們是不是知道我們的來歷。老大，你想想，上百萬的生意，豈能是在路邊拉個陌生人便談好了？」

張老大一明白時，便想到處處都是破綻了，只是身在局中時，又被貪念蒙了眼，便成了當局者迷了。

「這妞兒看起來很清純的樣子，怎麼就能扮得這麼真？」張老大罵罵咧咧地嘀咕著。

「還有，老大，咱們來揚州的行蹤暴露了！」周宣淡淡說著。

張老大當即又想起了剛剛周宣戲弄李清說的那句話，瞧李清的表情，有極大可能是與方志國有關係的。再聯想起來，的確是知道他們底細的人才會做得出來，咬了咬牙，惱道：「方志國這王八蛋！」

張老大很是不解：「我們來的事，我也沒跟方志國提起過啊，他怎麼會知道？現在想起來，這個女人好像是知道咱們來了，一路跟著，再找機會把我們拉上她的車！」

周宣笑道：「老大，你平時可精明得很啊，怎麼這時就糊塗了呢，你在北京幾年了，有沒有認識的人？隨便花幾個錢請個人盯梢，直到咱們倆上飛機，這不是難事吧？」

張老大「啊喲」一聲，忍不住伸手拍了拍腦袋，恨恨道：「弟娃，虧我還自以爲比你經驗老道，卻不想兩次都是你救了我，看來我真是小瞧你了！」

周宣搖了搖頭，笑笑說：「老大，你別妄自菲薄，其實你的經驗和技術可是比我高多了，我只不過是剛好知道這一點，要是再搭上別的，我也就不知道了，應該是說，我們運氣好，呵呵！」

「是是是，我們運氣好！」張老大也給周宣說得高興起來，只要沒給周宣壓得太沒面子，那就臉上有光。

「幸好你這次一起跟來了，看來我們運氣就是好，該上當的不上當，呵呵，不應該上當的就更不上當了！」

說完後又覺得話有矛盾，忍不住嘿嘿乾笑了幾聲。

「那方志國那裏我們還去不去？」張老大又問了問。雖然有點頭痛，但來揚州就是爲了弄幾件鎮得住場子的東西回去，難道就這樣空手回去？

「去，怎麼不去？」周宣笑笑道，「他雖然想套咱們進去，但在明地裏，還是不敢下黑手直接搶吧？呵呵，只要咱們眼睛放亮點，不鑽他的陷阱，不上當，說不定還能在揚州真找到幾件好東西呢！」

張老大也點了點頭：「也好，明天早上去吧！」說完又嘆了聲，罵道：「狗日的方志國，幾年的交情都被狗吃了。」

「算了。」周宣又拍了拍他的肩膀說道：「老大，是真兄弟的才會有兄弟情誼，方志國算什麼兄弟，不過就是酒肉之交的人渣而已！」

就這麼一打岔，張老大尋花問柳的心思也沒有了，兩個人吃了飯，老老實實就回酒店了。

第二天早上，張老大給方志國打了個電話，方志國當即說派人到酒店來接他們。

在揚州酒店門外的廣場邊等了十分鐘左右，方志國倒是親自來了。開的是一輛大奔，方志國略胖，挺著個啤酒肚，年紀倒是不大，三十多歲，笑瞇瞇的表情。

周宣不喜歡這個傢伙，先別說昨天李清那件事，就衝他這外形，周宣便不喜歡。

方志國的司機下車把車門打開了等候著。方志國跟張老大熱情地握了握手，笑呵呵地說：「老弟，你可真是不把我當朋友啊，也不提前說一聲，到了才搞突襲啊！」

看他現在這樣子，要不是周宣和張老大心裏都明白，那一定會被他蒙到。

張老大表面上笑呵呵地跟他寒暄著，心裏卻是在罵著，狗東西，挺會演戲，跟那個李清有得一拼，不去演戲還真是可惜了！

方志國是知道張老大的底的，估計他這幾年也有三幾百萬的家底了，昨天設的局沒弄到張老大的錢，今天自然就不會那麼輕易讓他們過關了。不過，這個譜還是得擺擺，這輛大奔就夠張老大眼紅流口水的吧。

張老大一看方志國的這種搞頭，就明白他是在自己面前擺譜，心裏直哼哼，媽個巴子仙人板板的，老子的車同樣是百來萬的名車！以前不敢說，但現在的身價絕不比他方志國的差，兩三千萬的股份，他方志國不一定就比他好了。

上了車，方志國坐了前邊，讓張老大和周宣坐了後排。

車上路後，方志國才回了頭笑呵呵地說：「老弟，聽你說開了個店，怎麼樣?店的規模還行吧?」

張老大倒曉得在這個時候藏拙，淡淡道：「哪能及得上老方你啊，我也就百幾十萬的資金小敲小打，想看看能不能在你這兒找幾樣物美價廉的玩意兒回去撐撐場面。」

方志國的古玩店就在揚州新區專建的古玩一條街，這一條街幾乎全是古玩店，還有幾家比較有名氣的連鎖典當行。

方志國的店規模還行，周宣一進店便把冰氣探出去測了個遍，倒是有那麼幾件真東西，不過也不是什麼特別有價值的古董，估摸著最好的也就那幾件瓷器，但實際價值也不會超過十萬塊，其他多數都是假貨。

周宣現在了解到，古玩店做生意，是貴有貴的路，便宜貨有便宜貨的路，大家當然都希望做些大生意，生意越大利潤就越大。但做生意的都知道，大生意是可遇而不可求，畢竟珍貴的古董稀少，二來國家也有條文規定，國寶文物不允許私人交易，更不會允許拍賣品流失到國外。

古玩店做生意，其實利潤最多的反而是小生意。別看一件只賺個幾十幾百塊，但買的人多，很多客人喜歡買來佩戴和珍藏。比如玉石這一類，是最受歡迎的，女性客人就很喜歡來買玉飾掛件、手鐲子之類的。特別是價錢在兩三百至一千之間的玉最好賣，價錢不高，而且是真貨，只是成色質地差了些，但做這一行的有很多種手法可以把玉弄得跟最好的玉一樣的顏色。

一般來買這些貨的客人都不是太懂行的，他們主要是看表面，看顏色，覺得樣式看起來不錯便會買下來。買回去即使發現品質差了點，但只要不是假貨，又因爲價錢便宜，也不會來生事，畢竟一分錢一分貨嘛。

周宣冰氣一掃便知道，方志國這店裏大部分的貨都是些不值錢的，玉件最多，其中翡翠占了絕大多數。但也都是些白花地、青花地、渾水地之類的劣質玉，像國內出產的軟玉倒是不多，畢竟客人數量最大的是女性，女性買的都是硬玉掛件和手戴品。

軟玉一般只有雕刻、印章擺件之類，多爲真正的收藏愛好者才會買。而那類客人，通常都是行家，劣質貨也不會要，所以即便是進這類貨，那也很少量，而且一定要優質的。

他這個店，總值不會超過一百萬，但從客源流量來看，估計一個月的利潤不會少於三十萬，也算得不錯了。

方志國叫夥計泡了茶，張老大已經在櫃台邊流覽著那些玩件古董了。方志國並沒有在張老大面前表現得特別想要給他介紹貨的樣子，他知道要再讓張老大上當，可就沒那麼容易了。

張老大在瞧看著，周宣可就沒有心思去瞧這些沒有什麼價值的東西了。也許三幾百萬的古董在別人眼裏是珍貴之極的東西，但在周宣眼裏，什麼都不算，遠超過這些價值的珍寶他也見得多了。

靠門坐下，就有一個夥計過來彙報說：

「方總，您的堂弟半小時前來了電話，說是凌莊石場又到了一批貨，問方總要不要去？」

方志國一怔，問道：「凌莊到貨了？今天麼？」

那夥計點點頭回答道：「是啊，您堂弟說先過去等您！」

方志國沉吟了一下，對張老大道：「老弟，你看我這……」

張老大聽到方志國夥計的話，笑笑說：「老方，是什麼貨？會叫你去，想必也是行內貨吧，能不能帶我們也去瞧瞧？」

方志國想了想便道：

「呵呵，這也沒有什麼好隱瞞的，凌莊這批貨是揚州這邊最大的玉石批發商的。他的貨很廣，不僅僅是揚州，鄰近的南京，甚至上海的珠寶商都有過來進貨的。本地珠寶商除了從國外進口一些珠寶外，還有很大一部分是購了玉自己做出來的。賣價是要便宜一些，但利潤絕不比行貨牌子貨低，國內買低端產品的客源，可是要遠多過買高檔貨的。

他經常從雲南，有時候直接從緬甸進貨回來，貨到凌莊後，有些珠寶商和我們這類古玩店便會去看看，有的賭一把，從凌老闆手中賭一兩手石，有的則是安穩的玩法，直接選購一批打磨出來的玉，買好的有，買差的也有，基本上都會一掃而空，生意很火爆！」

這樣的事，周宣以前在南方也遇到過一次，那次是跟傅盈到深圳她朋友楊薇那兒，跟著去賭了一回石，賺了人生中第一次最大的一筆收入，當然，賺的錢是傅盈出的。

也就是那次，周宣嘗到了賭石的驚險和刺激，那真是上一秒鐘還在天堂，下一秒鐘就下了地獄，一刀生一刀死的刺激，盡在人心中上演。

這個凌莊估計又是跟深圳的那個差不多，都是從雲南和緬甸進的貨，商人把賭石拉回來，卻把風險轉嫁給內地的珠寶商們，錢也賺了，風險也消除了。他們若去，還真算得上是賭二手石了。

周宣忽然想起，憑著自己的冰氣異能，爲什麼不到雲南和緬甸去賭石呢？生意是正當的，又不用像買古董有那麼多限制。

有價值的真古董本來就是越來越少了，但賭石可就沒那麼多顧慮了，玉石原料多得跟海水一樣，要是自己賭石，那還不是百賭百勝，大發其財嗎？

張老大瞧著周宣自顧自傻笑著，像是撿到了錢一樣，也不知道他在想什麼好事，趕緊對方志國說道：「老方，也不多我們兩個人，呵呵，如果你方便，就帶我們一起去吧！」

方志國倒是爽快答應了，心想，反正現在也沒時間跟他們糾纏，不如帶他們去凌莊開開眼，看看什麼才叫賭，什麼才叫玩家，回來再趁他們在興頭上，弄兩件以次充好的贗品，詐一點算一點。

凌莊是在揚州城外三十公里處的一個石場，石場並不是開山石打石的那種石場，而是那個大商家凌老闆開設的一間專門用來儲存賭石和解石的地方。

凌老闆運回來的翡翠原石就會存放在那裏，現場能賭出去的就賣掉，剩下的就會自己解掉，同時，他也會在南邊進些打磨出來的翡翠。不過多數是質地不算好的，但銷路很好。

本地的珠寶商和古玩店進貨量很大，把劣質的翡翠做到色澤很好，有的是辦法。市場上賣的那些貨，至少有七成以上的是劣質貨，但一般人通常是瞧不出來的。

有些店裏能把劣質翡翠的顏色做得跟最好的祖母綠一般的樣兒，到金店裏看吧，不管是貴的還是便宜的，翡翠玩件或者掛件的顏色無一不是綠得喜人，可能全部是真的嗎，想想也知道！

名字叫凌莊，可著實是跟一個農莊差不多。也可能是因爲在郊區外很偏的地方地價便宜，凌老闆這個農莊占地起碼五千平方以上，有廠房倉庫、工人宿舍。圍牆高達六七米，上面還弄有尖釘碎玻璃片防盜。

大大的鐵門口還有十幾個狗籠，裏面關了十數條高大兇悍的狼狗，見到人就狂吠，露著白森森的牙齒拚命咬著鐵欄。周宣對狗不大懂，搞不清這些是什麼狗。

進到凌莊的貨廳以後，人很多，不少於一百人，比上次在深圳見到的場面還大。

大廳裏的邊上，沿著牆堆滿了大大小小的原石，周宣心想，在方志國那兒是弄不到什麼好東西了，那傢伙也一副心思想讓他們上當買些假貨，還不如在這兒試試手氣，看看能不能找到有翡翠的原石。自己有冰氣在手，只要原石裏有翡翠，那就不擔心找不到。

方志國一進大廳便跟他們分散開去，跟他熟識的朋友打招呼，以張老大的身分也沒必要把他帶著介紹。

周宣淡淡然，隨便走到原石邊上，這邊人很多，其中一個人回過頭來，周宣跟他一照面，不禁都是一怔！

這個人竟然是方志誠！陳三眼的小舅子，靜石齋的經理，把自己趕走的那個方志誠！

周宣驀然間又想到，方志誠，方志國，不知道倆人有沒有關係？

當真是不是冤家不聚頭啊！倆人眼中都有些眼紅，仇有，怨也有，但方志誠確實沒想到會在這兒能碰見周宣。

當初在沖口把周宣趕走後，方志誠心裏著實爽快了一把。後來陳三眼再到南方，已經沒有周宣的消息了，只能把方志誠訓斥一頓了算。畢竟周宣也只是一個萍水相逢的人，走了便

走了，總不能爲這個把自己的小舅子趕走吧？

不過，方志誠確實不讓陳三眼放心，所以最終把他調回了揚州。

方志誠回揚州就沒有那麼方便了，處處在陳三眼的管轄範圍中，動不到什麼手腳。於是，方志誠便在外邊拿了自己的錢做做生意。雖然小敲小打，三幾十萬的事，但月收入也能增加幾萬，運氣好的時候，還可以掙十幾萬。

今天便是方志誠打電話邀了方志國來凌莊的。

方志誠跟方志國是堂兄弟，邀方志國這個堂哥來，也有他的另一番用意。以前他倆也合過手，因爲他自己的經濟實力要差一些，全部身家也就三四百萬，而方志國就比他有底子多了，古玩店是自己的，生意也做開了，身價至少三千萬左右。方志誠想，要是看中了好貨，自己一個人又拿不下來，便總是邀方志國一起出手。

就在半個月前，倆人便聯手在凌老闆這兒以四百六十萬的價格賭了一塊毛料，這塊原石也確實賭漲了，切開後得到了一塊冰種翡翠。

方志國準備留在手中雕刻加工了再出手，餘料還可以做一些掛件和戒指，但後來有一個外地客人出了六百八十萬的高價，方志國便將它賣了，純賺了兩百二十萬。

這塊毛料起初便是方志誠瞧中的，不過凌老闆要價高，他一個人不敢賭，便邀了堂哥，方志國也瞧中了，便出了大頭，占九成的錢，方志誠占一成，這正合了他的心思。萬一賭輸的話，他只出了四十六萬，雖然心痛，但還承受得起，而堂哥方志國卻要承受得多些了。

方志誠在那一次便得到了二十二萬的賺頭，立時便迷上了賭石，只不過凌老闆這兒畢竟不像在雲南和緬甸的玉石交易市場，離採石原地遠了，貨源自然沒那麼方便，幾乎是一月才有一次，因爲凌老闆得親自到雲南去採購，有時候也會到緬甸石場賭一批回來。

凌老闆也是從賭石起家的，不過他知道賭石的凶險，就算再有經驗，只要長期賭，終究會栽在這上面，所謂十賭九輸，這個道理他明白得很。所以把毛料賭回來後，完全不貪，再有把握也不自己解石，而是把這個風險轉嫁到內地的一些珠寶商和古玩店的老闆們手上去，再轉二次手。

由於他手裏的石料都是精挑出來的，規模便小了很多，不像在緬甸，毛料根本不是論塊賣的，而是論噸的，由不得你一塊一塊買，要是誰只買幾塊毛料，絕不會有人理他。

但把毛料運回內地後，凌老闆便會把成色好表皮有綠的毛料再挑出來，這樣單塊地賣，價格便會狂升，常常以超高價賣出。爲此，他還得搞個跟拍賣場一樣的形式，有人出價，如果還有別人也瞧中了，那就可以較價，直到沒有人再出價後，價高者得。

如此這般，一次貨賭完，凌老闆的純收入便在千萬以上，那可比他個人單賭穩當得多了。

他也不用擔心還有人跟他一樣玩，畢竟投入金額很大，一般人沒有那個豪氣，也沒有那

個資本。再說淩老闆因為熟手熟路，玩得轉，人家買家也願意信他手裏的東西，換個半路出家的外行，花再多錢賭來的石頭，怕也是無人問津。

不過，也有一些名氣響的珠寶商親自到雲南和緬甸採購毛料原石。只是賭石風險畢竟太大，大家也都不敢出手玩太大的，賭一回下來，基本上都是賠得多賺得少。

周宣跟方志誠碰了一下眼，倆人都是笑了笑。

周宣倒是先說話了：「方經理，真是巧啊，竟然在這兒也能碰到，這個世界的確很小啊！」

方志誠乾笑了一聲，雖然心裡不痛快，但周宣這個人在他眼裏畢竟是個上不得檯面的小角色，自那次趕走後也就忘了，自己料想著今生都不會再見到，但今天確實又遇到了！雖然瞧不起周宣這個小子，但遇到了，那心裏的怨恨又冒起來。自己被陳三眼調回了揚州，說到底，禍害源頭就是這個周宣！

「嘿嘿，小周，莫非你也玩起了賭石？」

不明白周宣的來意和來路，方志誠先探起了話。

周宣把身邊的張老大拉過來介紹道：「我不是賭石的，我可沒那個經濟實力來玩，我只是跟老闆來揚州進點貨的，今天是跟朋友過來瞧瞧。這個是我老闆張老大，在北京潘家園開古玩店的！」

雖然瞧不起周宣，但能在北京開古玩店的老闆，那怎麼也比他方志誠要強多了！方志誠不敢怠慢，趕緊與張老大握了握手，又與張老大互換了名片。

在古玩圈子中，名頭是很重要的，張老大做了名片，名片上是「北京潘家園周張古玩股份有限公司總經理張老大」的字樣，下面的業務寫得很多，甚至還有承辦國際文物往來的業務。不過圈子裏的人都明白，雖然很多事都是吹的，但不吹的人就是沒人理，吹得越大，捧場的人才越多。

方志誠的名片就弱了許多，張老大也沒細看便揣進了衣袋裏，周宣倒是瞄到了「業務經理」幾個字樣，同樣是經理，業務經理和總經理可就差得遠了。

方志誠沒有給周宣遞名片，在他心裏，根本沒將周宣瞧在眼裏。

周宣瞧了瞧四周的人群，沒瞧到有陳三眼。

方志誠又向著幾米外的一個人招了招手，叫道：「二哥，二哥！」

周宣和張老大見他招手的人，正是帶他們來的方志國。

方志國一過來，見方志誠給他介紹著張老大，不禁詫道：「志誠，你們認識？」

方志誠也不禁愣了一下，隨即問道：「二哥，你們也認識？」

「他們是跟我一起來的，你說認不認識？」方志國笑了笑，然後又對張老大道：「老弟，這個是我堂弟，叫方志誠！」

沒有說什麼來歷原因，但方志誠也知道自己這個堂哥曾經在北京混過幾年，想必張老大是他在北京混的時候認識的朋友吧。周宣呢，不過是張老大下面的一個打工的，無關緊要，況且今天姐夫陳三眼也不在這兒，更沒必要留意他。

方志國看了看大廳裏的人，都在各自細心地選看著毛料，便道：「現在不談別的，趕緊瞧瞧毛料吧，賭一賭先，別等著人家把好料給挑完了。」

方志誠也早就躍躍欲試了，聽了方志國的話，便趕緊蹭到人群中去看毛料了。

不過，說實在的，方志誠看翡翠毛料也就半桶水，上次是運氣好，碰到裏面有了翡翠。賭石這個事，別說他這樣一個半生不熟的玩家，就算是常年泡在石廠裏的老手，也沒有一個敢說出手就賭漲的。

誰都明白，翡翠是在石頭中，看不見也摸不著，儀器都測不出來，看著表皮綠的毛料，切開了也許儘是石頭；也有表層全灰白的毛料，卻切出了極品的翡翠。賭石的事，沒有人能說得清。

不過，也就是因爲它神秘莫測，一夜暴富的事也確實不少，所以才讓人眼紅心跳，明知輸的可能性很大，但還是要賭，這就是賭徒心理。人爲財死，鳥爲食亡嘛！

凌老闆高高瘦瘦的樣子，四十多歲，臉上儘是風霜的痕跡，瞧不出來是個億萬富翁。都說有錢人肥頭大耳，這個說法看來站不住腳，不說這個凌老闆了，便是他周宣，也不是那樣的億萬富翁吧。

已經有人在挑選毛料了，最好的那塊，表皮層綠得讓人心醉，整塊毛料不下一百斤，比籃球形狀還大，綠占了表層一大半。毫無疑問，這塊毛料是所有毛料中最好的。

凌老闆開了價：「八百萬元起，這個綠，出玻璃地的玉可能性占了八成，最不濟也是冰地的級別，綠得誘人啊！」

在場的玩家，不說都是專家，但起碼都是懂行的。不用凌老闆說得那樣天花亂墜，其實也都明白，這塊毛料出極品玉的可能性是極大的，八百萬的底價是略高了點，但賭漲的可能性同樣也最有把握。

這樣的好貨自然有出價的人，而且還有好幾個，十萬十萬地往上遞加。

看來有錢人還是不少的。周宣淡淡笑了笑，放出冰氣探測了一下，結果卻是好笑，這塊極品綠的毛料裏面居然白花花的一片，儘是灰石，啥都沒有！

此時，周宣的冰氣狀態正佳，探測的距離可達到十五米，測這些毛料並沒有花多大工夫，只是走了個來回，幾分鐘的時間，便測了個遍。

不過，測完後就很是懊悔，這麼多的毛料，再加上架子上那些凌老闆特意挑選出來的成色好、有綠的毛料，竟然沒有一塊石頭裏有上好的翡翠。而架子上那些皮有綠的毛料，更是

連極差的劣質玉也不含一丁點。

倒是牆邊上那些沒有綠的毛料石塊裏，有幾塊裏面含有一些不太好的糙白地、糙灰地，價值幾乎等於沒有！

估摸著凌老闆這些毛料起碼得上千萬的價錢，要是他自己賭的話，那肯定是垮了，不過從目前的狀況來看，這個凌老闆顯然不僅不會虧損，而且還會大賺一筆。

那塊皮最綠的毛料，此刻已經給加價到一千一百萬了，還沒成交，這架子上的毛料如果全部給這些人賭下來的話，那凌老闆的利潤已經超過一倍了，更別說還有邊上那些毛料，成色雖然不好，但都是一個坑裏出來的。

玉石的規矩便是，不管成色好不好，只要是坑裏出來的，那都是錢，不是石頭。

周宣轉回來的時候，那塊毛料已經成交了，被一個四十多歲的男子以一千三百五十萬的價錢買了下來。

凌老闆高興得很，就這一塊毛料便收回了這次整個毛料成本的六成，賺錢是肯定的了。

方志誠、方志國兄弟對這塊毛料同樣很豔羨，但是他們沒有能力跟人家較勁，底子不厚。

方志誠在架子上挑了一塊毛料，整塊毛料有臉盆大，中間有一條絲巾一般的綠帶，有點淡，但綠意很好。淡一點的話，價錢也就會便宜很多，這也是相應的。

周宣在他身邊瞧了瞧別的毛料，看的人很多，只是他心裏明白，沒有一塊毛料値錢，架子上的這些有綠的更是一錢不値，連塊最差的狗屎都不曾含一丁點。

方志誠見周宣也好像有興趣的瞧著，忍不住拍了拍他的肩膀，笑道：

「老弟，你還是別摻和了，到一邊去吧，這可是拿錢玩的事，不是三塊五塊的就能買，這些石頭在這兒就不是石頭了，買好了，它們可都是金子！」

第六十七章
橫財

方志誠又是激動又是憤怒，方志國也有些失態，
這塊毛料裏的黃金按時價估計會超過三千萬以上，
如果表皮層不超過十公分的話，黃金的價值更在四千萬以上，
這可是一筆大橫財啊！

金子！

方志誠一說到「金子」這兩個字，周宣心裏一動，瞧方志誠那得意洋洋的勁兒，不禁暗想，有仇不報非君子，現在你炫耀，老子就讓你破產！

方志誠把方志國叫過來，兄弟倆瞧著那塊毛料低聲嘀咕了一陣。聲音雖低，周宣卻是聽得清清楚楚的，倆兄弟商量好了，方志誠依舊占一成，本也好利也好，都占一成，這塊毛料的價錢，最高他們只出到一百五十萬，再多就不要了。

這一會兒工夫，凌老闆的毛料又賣出去三塊，分別是六十五萬、三百萬、一百四十萬。凌老闆說了，這都是緬甸老坑裏出來的正宗毛料，當然，正宗不正宗，也是他嘴裏說出來的，別人也不知道，但石頭毛料有明顯的綠，這倒是不假的。

方志誠這塊毛料，凌老闆瞧了瞧，叫了個八十萬的底價，綠呈帶狀，有點窄，但綠很好，毛料也夠大，八十萬還是值得起的。

方志誠略有些緊張地瞧著其他人，最好是沒有人叫價，那他就可以以八十萬的價錢成交，這比預期的價碼要少近一半，但接下來的事，還是讓他失望了。

「八十五萬。」

依然有人添了數字。

「九十五萬！」

「一百萬！」

「一百一十萬！」

方志誠臉一陣發青，沒想到出手的人會有這麼多，看來這塊石倒不是好拿下的。

周宣心想著，這樣較價下去，怕是搞不好會越叫越高，超過那個數，方志誠倆兄弟倒不一定會要了。

當即側身偷偷把張老大拉過來，兩隻手，一隻比了一個一，一隻伸開手掌比了個五，低聲道：「老大，趕緊叫價，一百五十萬，聽好了，叫一百五十萬，別人再加價的話就不要出聲了！」

張老大怔了怔，說實話，古玩他是有不少經驗，但這個賭石，他還真沒經歷過，就這些石頭毛料，要他花幾百上千萬，打死他也不要！

周宣偷偷要他出手，他心裏就不明白了，難道周宣瞧中那塊毛料了？

但只要是周宣的意思，張老大都還是照辦的，一來他的運氣好，二來，最近的事讓張老大對這個兄弟也有些刮目相看了，這傢伙處處露出高手的章法，不聽他的聽誰的？

「一百五十萬！」張老大猛叫了一聲。

頓時，在叫價的人都吃了一驚，其他幾個人都是五萬十萬的加，但張老大這一下子把價錢就撐到頂了，一下子加了幾十萬，這讓其他人有些措手不及。

賭石的幾個人也都有些經驗，估摸著這塊石頭的叫價過了一百五十萬也就差不多了，而張老大這一次性就把價錢升到了他們的心理價位頂點，大家也都閉上嘴打算停戰了。

方志誠和方志國也怔了怔。石頭毛料雖然是他們挑好的，但他們卻一次都沒出價，張老大叫了價也不算從他們手中搶奪。

凌老闆淡淡笑著，有人這樣頂價，對他來說當然是好事，便高聲道：

「這位老闆出了一百五十萬，有沒有人再加價的？」

沒人應聲。

「一百五十萬第一次！」

凌老闆估計可能沒人再加價了，喊了第二次，當叫到「一百五十萬第二次」這幾個字時，方志國突然叫了一聲：

「一再五十五萬！」

凌老闆笑呵呵地道：「一百五十五萬！還有沒有別人加價？」

就這麼一下子，張老大汗水跟滾珠子似的直往下滾！

一百五十萬就買這麼幾斤破石頭？要是裏面沒有翡翠的話，那一百五十萬就餵了王八了，這也太刺激了，心臟實在是受不了！

好在方志國那廝接了下去，又想到周宣剛剛說的，只要有別人接口出價，就不要再出聲，當即把嘴巴閉得緊緊的，生怕再漏出個數字出來。

方志誠緊張，方志國也緊張，張老大出的價雖然高出了他們的預期價位，但也幸好打住了其他人的加價，否則要是慢慢加上來，誰也不敢肯定會不會超過一百五十萬。

沒有別的人再出價了，凌老闆最終以一百五十五萬的價格，把石頭賣給了方志誠他們。

方志國開了支票付了賬，然後跟方志誠一起把賭回來的石頭毛料搬到邊上，用水筆劃了記號。

這塊毛料花的錢不多，上次賺的利潤還有得剩，倆人也虧得起。主要是賭石的經過實在太讓人血脈賁張了。

周宣心想，讓他倆虧個一百五十多萬不算太大，而十分之一才十五萬多，對方志誠那鳥人構不成什麼損失，不行，還得再想想辦法。

方志誠賭了一塊石後，一邊興致勃勃地瞧著別人競賭，一邊隨意地將手按在架子上的一塊百來斤重的毛料石上面。

周宣立即趁機把冰氣運起，把這塊毛料的內部全部轉化爲黃金，又將方志誠手按著的部分表層也轉化成黃金，然後便裝作無聊的東瞧西瞧。

方志誠瞄到周宣也在瞧著架子上的毛料，有心想譏諷他一下。

周宣倒是無意地淡淡道：「方經理，這賭石呢，我是半點不懂，你可不可以講一下？」

方志誠倒是想跟他炫耀一下，便搬了搬手上正按著的石頭，想就以這塊毛料吹噓一下自己的經驗，誰知道剛剛還在搖動的毛料這一下卻是怎麼也搬不動，再使了下勁想搖一搖，只是那毛料依然紋絲不動。

方志誠一怔，回頭瞧了瞧，驀然間瞧到手按著的地方，毛料表層有一團巴掌大小的金黃色，顏色很是耀眼。

方志誠是幹什麼的？哪有黃金都不識得的道理？怔了怔，當即用手遮住了那片金黃色，朝著方志國低聲叫道：「二哥，二哥！」

方志國見方志誠神情緊張地望著自己，額頭上汗水涔涔，不知道是什麼事他這麼緊張，趕緊走過去，然後低聲問：「什麼事？」

方志誠把他拉到跟前，然後兩個人一左一右，用身子把別人的視線擋住，這才鬆開按著石頭毛料的手，悄悄說：「二哥你瞧，這是啥？」

方志國比方志誠的經驗要老得多，瞧了一眼便肯定這是黃金，又用指甲摁了一下，隨即便現出了一個指甲印。

金屬當中，能有這個顏色的就只有黃金了。其他的比如銅吧，顏色是深紅，跟黃金不一樣，而且黃金的硬度要軟一些，這塊石頭毛料中的黃金跟石塊吻合得很好，很天然，絕不是做假的！

方志國跟方志誠遞了一個眼色，左右瞧了瞧，見沒有人注意，趕緊把有黃金顏色的地方轉了一下，又用勁把毛料抬下架子放到地上，這毛料其他地方呈灰色，只有一丁點的綠意，像是青苔揉碎了滴了幾滴綠水在石頭上一般。

跟堂弟方志誠一搬動毛料後，方志國發現這塊石頭的重量跟其他賭石是遠爲不同的。這塊毛料如果光算石頭的話，不會超過一百斤，但他兩個剛剛搬動時，花的力氣至少有兩百斤以上！

倆人當下興奮過度，也不覺得重了，心裏估計著，石塊裏的黃金最少不低於一百斤！只是又有些詫異，緬甸的翡翠毛料中怎麼會有黃金礦出來呢？而且這塊毛料中的黃金幾乎不能算礦了，這已經是純度很高的黃金了，某些經提煉過的黃金成色還不一定有這個好呢！

方志誠低聲顫著聲音對方志國道：

「二哥，這是我發現的，我可最少要占兩成，看看需要花多少錢買下來。」

方志國約莫估算了一下，這塊石頭裏頭的黃金不低於一百斤，但如果再扣掉表皮石層，那就遠爲不止，因爲他估算的只是重量的差別，也有可能表皮很薄，那黃金的分量就會增加。

而按周宣轉化的量來說，這塊石頭裏的黃金差不多兩百斤，要治方志誠，就要把他整痛，讓他刻骨銘心。有仇不報非君子，何況是方志誠這麼欠揍的人渣！

方志國這時當然不能跟方志誠爭論什麼份額問題，關鍵的是先要拿下石頭再說，現在這東西還不屬於他們，如果落到別人手裏，那還不是等於零？啥個股份，屁用沒有！

方志國又遞了個眼色給方志誠，朝凌老闆努努嘴。方志誠立即明白了他的意思，倆人站起身來。

他們這塊毛料只有一星半點的綠，絕大部分是灰白石表層，價值不大，也沒有多少人注意。

方志誠對凌老闆說道：「凌老闆，你這塊毛料要多少錢？雖然成色不好，但我們既然來了，索性就隨便帶多一塊回去，試試手！」

這些毛料基本上都是凌老闆親自檢查過的，當然也沒有百分之百的事情，反正是不大好的就沒有揀出來。

方志誠要他看的那塊毛料，凌老闆隔著幾米遠瞧了瞧，這塊料屬於搬到架子上之中最差的，基本上算是湊個數，不值錢，幾乎沒有綠，一星半點地灑落在表層，絕大部分是灰白石，出玉的可能性極微。

凌老闆也沒有過來仔細檢查，隨口道：「那塊料啊，呵呵，都是老坑出來的料，也就沒有廢石之說，有點綠，興許也能切出玉來。」沉吟了一下才道：「兩萬塊吧！」

像這塊料，如果不是方志誠看到了黃金，那便是兩百塊，他也不會要，凌老闆要價兩萬塊，說實在的，純粹就是漫天亂喊。

不過，有錢有機會就要叫，這就是商人的本色，他叫價，人家也可以還價。

方志誠很是緊張，抹了抹汗水，別的人還以爲他會還價，因爲所有人都覺得這塊料根本就是塊廢料。

就在方志誠猶豫這一下的時間，周宣淡淡道：「凌老闆，我要了，這塊料！」

方志誠一怔，隨即問道：「你幹嘛呢？你懂玩賭石麼？」

「就是因爲不懂，」周宣淡淡道，「我才會買一塊試試手氣，長長見識，便宜的不買，難道買貴的？」

張老大在周宣身側一直覺得很奇怪，也沒聽他說過要賭石，剛剛又要他漲了方志誠要的那塊毛料的價，結果卻又不再繼續，搞不懂他在想什麼。現在，他又要買這塊兩萬塊的石頭，兩萬塊錢倒不算什麼，只是他不明白到底是怎麼回事。

方志誠還以爲周宣真是想出手買塊石頭玩玩，便宜?!兩萬塊錢對他來說算便宜嗎？像他那樣打工，得一年才能掙到兩萬塊吧？裝什麼闊啊，老子一棍子就打死你！

方志誠心裏哼了哼，但表面上還是不露聲色，用平淡的口氣道：

「老弟，你最好還是別玩，這賭石可不是打腫臉充胖子的事，要玩，那也得稱稱自己的斤兩，算了吧，我出三萬塊！」

凌老闆眯著眼瞧了瞧周宣和張老大，來的人大部分他都認識，而周宣這兩個人顯然是陌生人，第一次見到，而且口音不同，明顯的外地人，倒是有些奇怪。

這麼個沒價値的廢料，方志誠還跟這個人爭，難道有什麼怪異？凌老闆心裏暗自尋思著，只要有人出價，那對他來說就是好事，當下不動聲色地瞧著。

周宣把張老大叫過來，讓他把支票本拿出來。張老大雖然不明白周宣到底是什麼意思，但拿支票還是明白的，當下想也不想的就從包裏取出來給他。

周宣又從衣袋裏取了皮夾出來，拿出銀行卡，這才又說道：「就算是打腫臉充胖子吧，那我也就充一回胖子！」又對著凌老闆道：「凌老闆，我這兒有支票和銀行卡，如果你不放心的話，我可以轉賬，這塊毛料的價錢，我出！」

周宣瞧了瞧方志誠和方志國兩個人後，一個字一個字地道：

「這塊料，我出——五百萬！」

這一句話頓時讓所有人都驚呆了！

五百萬對其中一大部分人來說都不是拿不出來，但明明只需要出兩三萬價錢就能買到的一塊廢石，他居然猛地一下抬到五百萬，是瘋了呢，還是肯定那塊廢料裏一定有翡翠？

這個把握誰都不敢打，何況這個毛頭小夥子？好像也並沒有人注意到他那塊毛料啊！

凌老闆可不是一般人，能白手起家到億萬富身家，就憑那份心思，也不是普通人能及得上的，周宣這一句話讓他馬上就想到，這塊毛料上有問題，只是毛料是自己的，難道自己走眼了？

凌老闆再瞧了瞧一直在那塊毛料側邊的方志誠和方志國兩個人，發現他們兩個一直很緊張的樣子，眼光時不時瞄著那塊毛料。凌老闆立即便可以肯定，自己是走眼了！毛料裏肯定有鬼，否則這兩夥人不可能這個樣子。

凌老闆並沒有馬上就過去瞧那塊毛料。因爲他還沒有出聲賣，那這塊料就是他的，誰也拿不走。他只是想慢慢地再瞧瞧方志誠、方志國和那個叫價五百萬的年輕人的表情。

方志誠又是激動又是憤怒，沒料到事情快成的時候，這個周宣又跑出來搗亂。雖然不知道他那張支票是不是真能兌現出五百萬的現金來，但現在情況肯定不由是他們所想的那麼輕鬆了！

方志國也有些失態，這塊毛料裏的黃金按時價估計會超過三千萬以上，如果表皮層不超過十公分的話，黃金的價值更在四千萬以上，這可是一筆大橫財啊！

關鍵是，周宣這麼一搗亂，眼看著兩萬塊就能到手的橫財就要飛了，心裏那股子毛勁更

是快要爆發出來，恨不能找把刀劈人了！

「五百五十萬！」方志國咬著牙狠狠又說道。

真是失策了，本來讓人去騙這兩個傢伙的，沒騙到也就算了，帶過來看看自己賭石吧，卻又成了自己發財路上的攔路石！

「八百萬！」周宣又不緊不慢地叫道。

當真是語不驚人死不休！周宣第二次出價便是讓大廳中的所有人都又驚訝了一次。

那塊料不就是一塊廢石毛料嗎？現在，大家都拿眼瞧著，整塊幾呈灰白，只有一星半點灑落般的綠點，出翡翠的可能性極微，平時便讓自己掏兩百塊也是不願意拿的，怎麼有人出價八百萬？李嘉誠的兒子也不會這麼浪費，亂灑錢吧？

凌老闆緩緩走到那塊毛料邊，先是瞧了瞧，然後蹲下身又仔細瞧瞧，依然是跟他的目測沒有差錯，想了想，伸手扶著石頭想翻個個兒來瞧瞧底部。

但扳了一下，居然搬不動，凌老闆奇怪，再用力搬了搬，這塊毛料的重量絕對超過了兩百斤，以這個體形來看，這樣一塊石頭，充其量只有一百斤左右，但此刻，它的重量遠遠超出了想像。

凌老闆馬上知道，這塊毛料果然有玄機，但他並沒露聲色，雙手用力，將石頭微微一側，這一下便正好瞄到了那一點金黃色，怔了怔，手一鬆，石塊又回到了原位，金黃色的位置又見不到了。

凌老闆馬上明白了，是黃金礦石！他在腦子迅速估計了一下，按照這個重量估計，價值起碼會超過兩千五百萬元！難怪方志誠兄弟和那個年輕人這般模樣了！

凌老闆是靠賭石起家的，在「賭」這個字上面比別人理解得更深些，有現在這個身價，他是不想再賭下去了，因爲他實在沒有把握，不知下一次是發財還是傾家蕩產。

這塊毛料就算有黃金，但數量上是不好預測的，就跟賭玉石一樣，裏面有沒有翡翠，誰也沒有絕對的把握，最好的方法就是，把風險轉到別人頭上，自己穩穩賺一票才是安全的。

凌老闆笑了笑，站起身，退了幾步，拍拍手，又對方志誠道：

「你們繼續！」

方志國見凌老闆並沒有把毛料的秘密當衆說出來，倒是鬆了一口氣。他在旁邊瞧得清楚，凌老闆是絕對看到了毛料上黃金的秘密的。

既然凌老闆瞧見了，以他的經驗，自然是估計到這塊毛料的真正價值了。方志誠心裏像刀子捅了一下似的難受，看來，想要輕輕鬆鬆拿走這塊料是不太可能了！

都是周宣、張老大這兩個混蛋壞的事！方志國暗暗罵著，又不自禁開口道：「九百萬！」

旁邊的人都覺得他瘋了，瞧過賭石的瘋狂，但也沒見像這麼瘋狂的！

「一千二百萬！」周宣依然不冷不熱，淡淡的語氣。

張老大在一邊卻是臉紅耳躁的，湊過臉去低聲問道：「弟娃，你是怎麼了？那塊料好像沒有翡翠，你是不是認爲一定有？」

周宣淡淡笑道：「誰知道呢，也許吧！」

「一千二百五十萬！」

方志國叫得聲音都有些發顫了，叫這個價，他心裏可是真的顫抖了，這幾乎已經是他全部身家的一半了，一分一分積攢起來的家產，可還從來沒玩過這麼大的！

「一千五百萬！」

周宣依然淡淡加了價，彷彿他叫的只是數字，金額與自己無關，根本就沒當這是錢！

「一千五百五十萬！」

方志國越來越覺得無力了，聲音又顫，又沒有底氣，唯一支撐他的就是，這塊毛料裏的黃金最少要值兩千五百萬以上，表皮層稍薄的話，最高可能會值四千萬！所以，只要價錢沒超過兩千萬，他都覺得可以再爭取一下，至少能賺五百萬以上，這也是極大的利潤了！

「一千七百萬！」

周宣的聲音便彷彿是機器裏發出來的一般，不帶半分感情，冷冰冰的。

「一千七百五十萬！」

方志國的聲音已經不行了，簡直有些呻吟的味道。

在方志國身邊的方志誠，臉上青一陣白一陣的，捏著拳頭咬著牙，激動得不像話。

他萬分也沒想到，幾個月不見的周宣竟然有這般氣魄，但不明白的是，他是裝的還是真有錢？

「一千九百五十萬！」

周宣的每一次加價都讓大廳中其他人驚訝，這就像是錢多了用不完，隨便亂扔一樣。人家都是一點一點往上加，他卻偏偏一加就是百十萬，好像就想讓人知道他非常有錢一般。

事實上，只有凌老闆勉強能明白周宣的意圖，在他看來，周宣不是跟方志國較勁，而是真要賭下這塊毛料。以他的語氣和氣魄來說，完全就是一心要把這塊毛料弄到手的勁頭。

周宣卻是知道，自己這是最後一次加價了，如果方志國再加到兩千萬，自己就退出競價，就讓他們虧損兩千萬吧。方志誠占兩成的話，就是四百萬，方志國虧一千六百萬，夠出出氣的了！

方志誠的身價，估計最多也就三百萬吧，讓他敗了家還欠幾十萬的債，自己也舒暢了，就算報了當初一箭之仇。

而那個方志國，處心積慮地想讓他和張老大鑽陷阱，一樣不是好東西，這套讓他鑽了也不冤枉他！

再說了，自己也沒有碰那塊毛料，即便後來恢復成石頭原樣，方志國兄弟兩個也不會懷疑到他頭上來。他們想到的只會是自己也瞧見了黃金，所以才會跟他們較勁，到底為什麼撲空，想必他們到死也想不出來。

哆嗦了一陣子，方志國才艱難地從嘴裏吐了三個字來：「兩千萬！」

大廳中的其他人都屏氣凝神地盯住了他們，期待著周宣下一次更瘋狂地加價。

但這一次，大家卻大失所望，周宣神情淡然地站在那兒，卻是沒再開口說一句話。

凌老闆敏銳地捕捉到一絲資訊：這個兩千萬的價格已經是極限了！

果然，方志國、方志誠兄弟倆喘著氣，而周宣則淡然地攤攤手，表示放棄競爭。

這有點不合他剛剛那種來勢洶洶志在必得的意思。當然，這種意思也只是凌老闆對周宣的感覺，感覺有時也會出錯。無論如何，凌老闆都是非常高興的，一塊他認為毫無價值的毛料，居然給賣到了今天的最高價，這讓他憑空就賺了兩千萬，還有什麼能比賺大錢更高興的了？

叫了三次後，沒有人再加價，凌老闆宣佈成交。

方志國哆嗦著手，把支票寫了交給凌老闆，然後才跟方志誠一齊來搬那塊毛料，不過太重。

凌老闆手一揮，叫來了兩個手下人，再推來一輛手推小拖車，來幫方志國兄弟倆把毛料運出去。

凌老闆這兒也有切石的設備和工具，有時候也有賭石的人就地切石，但大多數人都是把賭石毛料帶回去，求神拜佛，齋浴幾天後才切石。

此後，大廳中的人頓時少了很多興致，方志國兄弟和周宣的這一陣鬥法把今天的賭石推到了高潮，再接下來，一個個都像洩了氣的氣球一樣，提不起興致來了。周宣和張老大也沒有再待下去的意思。

現在，再跟方志國一起回去可就沒意思了，剛剛這麼一出價，幾乎是讓雙方撕破了臉皮，以往那一點點面子上的交情也就煙消雲散了。

不過張老大是無所謂的，方志國對他們設的局，讓他一想起來就窩火，翻臉便翻臉吧，就算沒撕破臉，還不是留著機會讓他們再騙？

周宣自然是更加沒意見，他跟方志國可沒半點交情，跟方志誠更是眼睛裏能射出刀子來的，不過剛才的這幾下過後，心裏爽多了，恨也消了，怨也沒了。

兩千萬再加上開始的那塊一百多萬的毛料，方志國兄弟兩個總計虧損兩千一百多萬，方志誠還叫嚷嚷地要多了一成，這就要虧四百多萬，四百多萬還不把他的家底掏個精光？那方志國也好不了多少，估計他也是有兩千多萬的身價吧，這一次可以把他整到脫褲子了！

周宣笑呵呵地和張老大出了大廳，對剩下的石頭毛料瞧也沒再瞧一下。

張老大一邊走一邊抹著額頭上的汗水，然後又撫著胸口道：「弟娃，跟你這半天兒，我可是好像坐雲霄飛車一樣，不行，受不了，心臟都快爆掉了！」

「老大，別當真，放心吧。我心裏有數的！」周宣笑笑著回答，「還有啊，就算我做了什麼，那也跟咱們那個店無關，你只管把好關，做好事賺多點錢就行了，我玩我的，不會把店扯進來！」

張老大對這個倒是不在意，笑道：「瞧你說的，什麼分開不分開的？這店本來就是你的？你不管小事可以，但大事你還得出手啊！再說，咱們兄弟的情分可不是用錢可以買的。你在外頭牽扯再多，我也支持，我只是替你擔心。呵呵，只是你的運氣比我好得多，到頭來什麼事都是逢凶化吉！」

第六十八章

意外插曲

周宣剎那間想起了電話中的那個女子是誰！
是魏曉雨，魏曉晴的學生姐姐，那個冷冰冰的驕傲女軍官！
她過來接我幹什麼？自己好像一向都跟她沒啥瓜葛的，
會出了什麼事呢？

凌老闆在他們兩個出去的時候瞄了一眼，心裏留下了一絲印象，但也沒有出來相送。

方志國和方志誠跟兩個工人一起，把那兩塊毛料拉到停車場處，把後車箱打開後，四個人一齊把兩塊毛料抬上了車，隨即駕車離開凌莊，對周宣和張老大連瞧都沒再多瞧一眼。

周宣笑著攤攤手說：「老大，我瞧這邊有點偏遠，不知道有沒有車啊？」

張老大也是苦笑了一下：「誰知道呢，來這裏的人都是有錢人，要搭他們的車，一來是不認識，二來你給點車錢油錢的，人家也不稀罕，看看再說吧。」

過了車場到了大院子門口，那些鐵欄裏的狗突然狂叫起來，齜牙咧嘴的，很是可怕。周宣把冰氣放了出去，心道：你要是衝出柵欄來，我就把你肚裏的東西化成黃金，讓你動都動不了！

不過，就在冰氣延伸到那些狗柵欄時，周宣忽然測到一汪讓人心醉的綠意！周宣怔了怔，又趕緊用冰氣仔細探測了一下。

這汪綠來自那鐵柵欄邊上的一塊大石頭。那塊石頭灰不溜秋的，瞧樣子，是搬來頂住那鐵柵欄的，不讓狗瘋起來衝破欄杆用的，石頭上還有幾點狗屎和濕濕的狗尿跡印。

在這塊外表很髒的石頭裏面，有一汪跟水一般綠的翡翠，塊頭比上次賣給傅盈的那塊稍稍小一點，但整體的綠比那塊還要純。

周宣還記得，那塊翡翠的底部質地稍次了些，有些淡白，而現在這塊，全部都是上好的玻璃地。

冰氣穿梭在翡翠中間興趣盎然，這塊翡翠水頭足，透明度又高，似乎能見到對穿，雖然不是用眼睛感應的，但周宣還是看了個賞心悅目。

現在的周宣可不是菜鳥，雖然還遠算不上好手，但見識畢竟是多得多了，以他的估計，這塊翡翠切出來後，價值絕不會低於上次那塊石頭。

如今，像這種寶石級的翡翠確實很難找到了。緬甸瘋狂的採礦，礦資源也越來越少，緊緊相關的極品翡翠自然是越更難見了。

張老大見周宣突然停住了身子，緊緊盯著那些狗，不禁暗想，難道是見這些狗這麼兇，想殺了吃狗肉不成？聽說狗肉很補，張老大倒也有些心動。

周宣望了一陣後，想了想，便伸手招了招門衛。守門的是個二十歲左右的年輕人，嘴裏叼著支菸，正在玩著手機。

周宣向他一招手，便站起身，把菸從嘴裏取出來，問道：「什麼事？」

「你好！」周宣笑著問道，「我們是外地來的，對這邊還不熟，這裏有公車或者計程車嗎？」

「公車只有一路，兩個小時一班，剛才有一輛已經過了，要等的話，得兩個小時後了。」那青年說著，「計程車就很少了。很多人搭車來的，碰得到就可以跟著進城。」

保安說著又遲疑了一下：「我有個朋友開長安麵包車，平時也是專門跑私客的……」

周宣想了想，伸手掏出皮夾來，取了五百塊錢遞給他，說道：「這樣吧，兄弟，這五百塊錢你幫我叫他來，送我們回城裏，車費多少你看著給，剩下的就自己買菸抽吧。」

那年輕人頓時呵呵一笑，這種好事哪裡找？找他那朋友開車送人到城裏，最多不過三十塊錢，二十多分鐘就到了，自己平白就撿了四百多塊呢！

保安當即笑嘻嘻答應，急急地就給他那朋友打了個電話，說的是揚州這邊的土話，周宣他們也聽不明白。

等掛了電話後，他堆著笑臉對周宣他們道：「成了，十分鐘就過來，兩位老闆先坐坐，等一下吧。」

說著，趕緊從門衛亭裏面搬了兩把椅子出來。

張老大聽到有車來挺高興，只是不明白，周宣是不是錢賺得太多了？動不動就把錢灑出來，叫個破麵包車用得著五百塊嗎？就算被宰，最多也只給個五十塊吧。從城裏到這兒，也就半小時不到的路程！看來弟娃真是錢燒得慌了，要擺闊撐面子也不會擺在這麼一個陌生的小門衛面前吧？

周宣卻是笑呵呵坐了下來，漫不經心地說道：「你這些狗不錯。」

「那是！」那小門衛笑著回答，「這是我們老闆買來的純種狼狗，幾千塊一條呢。老闆資產大了，幾萬幾十萬都不算什麼，買這些狗主要是嚇嚇強盜，晚上沒人的時候，我們就把狗放出來，比什麼監控都好，沒有小偷強盜敢進來的。」

周宣笑呵呵地點著頭道：「是啊，這麼多兇猛的狼狗，不怕死的小偷都不敢來，呵呵。」

「我也喜歡養狗，小兄弟，你那塊撐狗柵欄的石頭給我看看好不好？我正要買條狗，那柵欄在城裏找不到大石頭頂住，我再給你點菸錢！」說著又掏了五百塊錢塞給他。

那小門衛頓時更加眉開眼笑了，說道：「沒問題沒問題，不過這塊石頭頂了狗欄，給狗撒了尿拉了屎，挺髒的，我給你另弄幾塊乾淨的，等一下我朋友車開來了，我直接搬到車上，別的沒有，要石頭，這兒可是多的是。」

「就要這塊。」周宣趕緊搖著頭說，「狗窩就要有狗味兒，買回來的狗才不會亂叫亂咬的。」

那青年怔了怔，隨即道：「行行行，那就這塊！」都給他一千塊了，要哪塊都行，這院子裏的廢石頭可多得跟山一樣，每個月老闆都要叫車來拉一些，到幾里外的打石廠裏扔了。

沒到十分鐘，這門衛的朋友就開著一輛白色雙排長安車過來了，前面是雙排座位載客，後面還有一個小貨箱，可以裝貨，人也年輕，跟小門衛差不多。

那小門衛偷偷塞了一百塊給他，然後又嘀咕了幾句。他那朋友也是樂不可支，二十塊錢的生意給了一百塊，那還有什麼好說的？當即不用周宣吩咐，就跟那門衛兩個人主動地把狗欄邊的石頭抬上了車。

周宣和張老大上了長安車的後排，又從車窗裏伸出手向那小青年揮揮手：「小兄弟，謝謝你啊！」

「不客氣不客氣！」那小門衛一隻手揮著示意，另一隻手卻插在衣袋裏，想必正捏著剩下的九百塊錢，怕給風吹跑了。

車開上路後，小門衛的朋友一邊開車一邊說起話來。他的話很多，不過開車的技術還是不錯。

周宣也沒跟他瞎扯，從皮夾裏又取了兩百塊錢，遞給那開車的小青年，說道：「兄弟，你是這邊的人，肯定比我們熟，哪裡有托運公司？」

那青年頓時停住了自己的話題，樂呵呵接過了錢，還沒說話，周宣又擺擺手道：「你不用跟我說，直接把車開去就行了！」

果然是大方的客人！

那青年心裏想著，開了一兩年的車，還真沒碰到過這麼大方的客人，啥話不說就塞錢！張老大索性閉口不說話了。今天的弟娃實在是太興奮了，一點理智都沒有，好在在凌莊那兒沒失大格，沒扔掉幾百萬出去，這時候隨他扔點小錢無所謂，有了錢嘛，總是想炫耀一下的。

剛進城，那青年就把車開到了一條巷子中。這兒有間托運公司，托運的貨物一是按重量，一是按體積。周宣這塊臭石頭是按重量稱的，一百二十一斤，花了四百多塊錢。

搬進托運公司的時候，那小青年不顧髒不顧臭，捲起衣袖就幫忙，到底是錢有威力。

托運公司的人也很詫異，看收件地址上寫的是北京，大老遠的花幾百塊錢就運這麼塊臭石頭回去？不過，做生意嘛，客人只要付錢，他們就只管接單。

等一切手續辦好後，周宣跟張老大走出托運公司，那小青年又湊過來問道：「兩位老闆，你們要去哪兒？我再送你們過去。」

「呵呵，不用了，謝謝你，我們到城裏就可以了，你回去忙吧！」

周宣婉言謝絕了。那小青年就歡天喜地開了車回去了，賺了三百塊，該想想晚上到哪裡消遣的事了。

等人走了，張老大才盯著周宣問道：「弟娃，這樣搞要不得，你把錢到處亂撒，水泡都沒有一個，就算嫖，也得到一個爽字吧，你這……」

「呵呵，老大，你以爲我是擺面子？」周宣笑笑說，「你幾時看見我那麼好面子了？這時候也沒外人，我就告訴你吧，我對毛料比較有研究，那塊石頭，我估計裏面有翡翠。」

「真的？」張老大疑疑惑惑的。周宣太多令他吃驚的地方了，這時又多了個對翡翠毛料也有研究，就這麼塊又臭又髒的石頭，會有翡翠在裏面？

「是不是真的，誰也不敢打包票，不過我學過，這塊毛料極像是有翡翠的。」周宣當然不會說冰氣異能什麼的。張老大也好糊弄，說自己學過識別毛料也說得過去。這時候不能跟他做絕對保證，只說是有可能，這也給張老大一點猜疑的空間，到時候切出玉來，他又會嘆周宣的運氣果然是好到了極處。

「那我們現在幹什麼？」張老大問周宣。

「回去，回北京！」周宣果斷地伸手比了比，「馬上訂機票，今天就走，現在回酒店取行李退房。」

現在兩點多鐘，方志誠那塊黃金石到傍晚七點鐘就會原形畢露，那時，他們悲慘的時間就到了。爲了防備狗急跳牆來報復，還是先走的好，這兒畢竟是人家的地頭。

周宣在現場雖然是跟方志誠他們鬥了一番，但從頭到尾，周宣和張老大都沒有伸手碰一下那塊石頭，方志誠卻一直守在那石頭邊上。一旦解出來的石頭是石灰，那他們除了悲嘆自己運氣太差之外，還能說什麼呢？當然，他們來找自己拼命也是可能的。

航班是四點四十分，周宣跟張老大在揚州酒店取了行李，邊搭計程車趕往江都。

揚州市本身沒有機場，蘇中機場在投建中，還沒有開放使用，所以，坐飛機得到揚州下屬縣級市的江都市機場去。

從揚州到江都市機場，時間到了四點多，在機場也沒有等多長時間，倆人就上了飛機。在飛機上躺了一會兒，沒什麼感覺便到了北京國際機場，一兩個小時的時間一晃而過。

張老大很是鬱悶，這一次揚州之行，是乘興而去，敗興而歸，貨沒撈到，好看的女人也沒瞧到，最後只弄了一塊臭不拉嘰的石頭！

雖然周宣說裡面有翡翠，但沒切開之前，誰又知道有沒有？再說，就那個外形，有翡翠，怕也是垃圾貨吧。

出了機場，倆人搭了計程車趕往西城區，事前沒打電話跟家人通知，所以也沒有人來接機。

在路上，周宣又跟張老大說道：「老大，等一下到西城界口時，你搭車直接回家吧，休息休息，陪陪玉芳，明兒再到店裏。還有，那塊石頭我寫的地址是咱們店，估計兩天後才會到，到了你跟我說一下。明天你到店裏後，再聯繫一下，看看有沒有熟識的切割店。」

張老大也沒有特別留意他這話，只是隨意點了點頭，到了西城界口處便下了車，再搭車回朝陽。

周宣自個兒回了宏城花園。在別墅門口卻瞧見送傢俱的車停著，七八個人正在往裏搬家

俱。

周宣有點詫異，家裏不是都好好的麼，什麼也不缺，怎麼又買傢俱了？

跟著進了屋，客廳裏沒有人。傢俱是送到三樓的，便又跟著上了三樓，這些人把傢俱搬到他睡的那間最大的房間裏。

進了房間裏一看，老娘和傅盈都在，屋裏原來的傢俱都搬走了，換上的全是新買的。

傅盈瞧周宣驀然出現在房中，怔了怔，見他盯著房間中那張粉紅色的大床，頓時羞紅了臉。

金秀梅詫道：「兒子，你不是說到揚州得好幾天嗎？怎麼昨天去今天就回來了？」

「事辦完了，在那裏待著也沒趣，所以就回來了！」

金秀梅當即道：「也好也好，我跟媳婦去訂了一套傢俱回來，是媳婦自己選的，她喜歡的。」

傅盈臉兒緋紅，頭垂得越發低了，話都不敢說。

「還有，」金秀梅說道，「你洪哥昨天打了好幾次電話給你，說找你有事，也沒跟我說是什麼事，只說你回來後就告訴你，趕緊給他回個電話吧！」

洪哥有什麼急事？周宣應著聲，又暗自尋思著，一般的事總不會找他辦，難道是老爺子病情復發了？

一想到老爺子，周宣頓時吃了一驚，趕緊到樓下客廳裏拿電話給魏海洪家裏打了個電話。

接電話的是個年輕女子，冷冰冰的，但聲音很清脆悅耳：「魏家，你是哪個？」

「我是周宣，請問洪哥在嗎？」周宣一時沒有聽出來是哪個人，好像不是洪哥的老婆，也不是王嫂，王嫂的聲音沒這麼年輕，也沒這麼好聽，也不像是魏曉晴。

「你，回來了？」那聲音停了停，顯然有點兒意外，隨即又道：「姓周的，你等著！我過來！」

周宣更是莫名其妙，怔了怔又問道：「你誰啊？我等你過來幹嘛？」

那聲音似乎是喘了口氣才又道：「我過來接你！」說完，喀嚓一下掛了電話。

周宣喂喂兩聲，電話筒裏傳來的是斷線聲，只得把電話掛了。

傅盈在一邊柔聲問道：「是誰啊？有事嗎？」

傅盈這一打岔，周宣腦子裏一閃，當即恍然大悟，說道：

「我知道了，是她，原來是她！」

周宣剎那間想起了電話中的那個女子是誰！

是魏曉雨，魏曉晴的孿生姐姐，那個冷冰冰的驕傲女軍官！

她過來接我幹什麼？自己好像一向都跟她沒啥瓜葛的，會出了什麼事呢？聽她電話中的

語氣好像有些不善。

周宣猶自沉思著，傅盈又問道：「是什麼事啊？」

這時，傢俱也搬完了，傢俱公司送貨的人都下樓離開，金秀梅也跟著下樓，在客廳裏坐下來，又對周宣說道：「兒子，你給我們的錢還多，買了傢俱，我看得請個人擇個日子，咱們就把婚事辦了吧！」

傅盈本來想跟周宣說話，金秀梅這一句話立即讓她又紅了臉，羞答答低了頭不敢出聲，問的事自然也一下子丟到了爪哇國去了。

昨天跟著金秀梅去訂了傢俱，傢俱是傅盈自己選的，但錢是金秀梅付的，她說了，兒子結婚，傢俱得父母置辦，傅盈也就沒爭這事。

說實話，傅盈做夢都在想著要跟周宣辦一場自己夢想中的婚禮，完成自己的人生大事。

傅盈和金秀梅兩個人各自沉浸在各自的幻想中。金秀梅想的是趕緊把兒子的婚事辦了，這麼漂亮又懂事的兒媳婦哪裡找啊？他倆趕緊結婚了，再給周家添個孫子，以後自己就有事幹了，天天帶孫子，不像現在，老是覺得心裏發慌！在農村做慣了事的人，一天不幹活就渾身不對勁。

周宣想起剛剛魏曉雨的口氣，趕緊跟老娘和傅盈說道：

「剛剛我打電話到洪哥那邊，接電話的是魏曉雨，說有事要過我們這邊來。盈盈，你還記得她吧？」

「記得，跟曉晴長得一模一樣的。」傅盈當然記得了，只是覺得魏曉雨冷冰冰的很驕傲，傅盈自然也不去理會她。

在之前，跟周宣還不認識的時候，傅盈可也是個驕傲之極的女孩子，從沒瞧中一個男人，遇見周宣又傾心他之後，傅盈的性情便改變很多了，冷傲的性格也變得柔和了，甚至還努力去跟周宣家人搞好關係，這簡直不像以前的她了。只是，骨子裏，傅盈依然是那個傅盈，所以對於魏曉雨，傅盈的態度就是，大家互不相往來。

周宣沉吟著，不知道魏曉雨到底什麼來意，雖然回想並沒有任何事得罪過她，但心裏總是有一種擔憂，七上八下地，一點也不踏實。

魏海洪的家也在西城，與宏城花園不超過十分鐘車程。沒到十分鐘，便聽到別墅外傳來刺耳的車輪剎車聲。

魏曉雨到了，仍然是一副整整齊齊的軍裝，臉上也依然是冷冰冰的表情，只是更多了幾分火氣。周宣感覺得到，魏曉雨幾乎就是火氣沖沖的。

她好像沒來過宏城花園吧，怎麼知道自己住這兒？但周宣隨即又明白，魏曉雨是北京本地人，比自己可是熟得多，知道個地名便能找上門來，何況是宏城花園這麼有名氣的樓盤。

「請坐！」周宣倒是規規矩矩地起身招呼她坐下。

魏曉雨冷冷道：「不坐，你跟我走。」

周宣詫道：「跟你走哪兒啊，什麼事你倒是說說啊！」

「讓你走你就走，哪來那麼多話說。」

魏曉雨眼睛瞇了瞇，眼光有些不善。

金秀梅覺得有些不對，這個軍官模樣的女孩可不像是和氣的樣兒，同樣是長得挺漂亮，初時一看還以爲是曉晴，但聽她說話就知道不是了。她不認得自己，曉晴對自己可是好得很。

是不是兒子跟她有什麼瓜葛，這時候聽到兒子要結婚了，就找上門來鬧了？又瞧她是個軍官模樣，俗話都說，做什麼都不能去惹當官的人啊，況且自己一家人在這又是人生地不熟的，出了事也不好找關係。

傅盈也瞧出不對勁了，站起身來淡淡道：「魏小姐，你找周宣有什麼事？大可以說出來，不用到什麼別的地方再說吧？」

「不關你事！」魏曉雨完全一副部隊裏的作風，說什麼下屬都得無條件依從，而不是要問這問那的。

「他是我男朋友，我們要結婚了，你說他的事關不關我的事？」傅盈心裏也是騰地一下起了火，但仍努力用平淡的聲音跟她說著。

「哦？」魏曉雨盯著傅盈瞧了一陣。

傅盈也毫不示弱地緊盯著她，倆人的眼神碰在一起，似乎便激起了無數火花！

周宣見魏曉雨手往腰間摸了摸，趕緊衝到前邊，說道：

「好好好，走吧走吧，有什麼事出去說吧。」

魏曉雨的家庭身分，周宣可是明白得很，她又是軍官，身上說不定帶著槍，要真鬧出個什麼事來，自己可不敢保證她會不會掏槍出來發狠。傅盈又是不服輸的個性，可不能讓她受了傷，不就是跟她走一趟嘛，她也不會吃了自己，再說，不是還有洪哥嗎，魏曉雨便有天大的事，也不會傷害他吧！

周宣當即安慰了一下金秀梅和傅盈，然後跟著魏曉雨出了別墅。

魏曉雨開的是一輛軍用吉普，周宣打開後邊的車門鑽了進去。才剛坐下來，卻又見到傅盈也鑽進來坐在身邊，呆了呆後才問道：

「盈盈，你幹什麼？」

「我跟你一起去，我可不能讓別人隨便來欺負你！」傅盈冷冷地說著，眼睛卻是盯著坐在前面駕駛座上的魏曉雨。

魏曉雨只是冷笑，也沒答話，發動了車子，迅速開上路面。

上了公路後，一路風馳電掣，速度很快，肯定超過了市區內規定的時速，半路也遇到過幾輛巡警車，不過她都當是沒瞧見一般。

去的方向有些怪，不是魏海洪家，而是郊區的方向。周宣根本就沒來過這邊，有些奇怪地問道：「你要帶我們去哪兒？不是洪哥家裏嗎？」

「問什麼，去哪兒，到了你不就知道了？」魏曉雨總算是回答了一句。

一路上，行人越來越少，建築也越來越少，到後來，根本就沒有了行人，再後來，周宣總算看到了路邊的標識，是軍管區域。

原來到了軍隊管制的地方！難怪連行人都沒有了。周宣也沉下心來，這時候就算是害怕也沒有用了，只能由得魏曉雨，靜觀其變了。

再過了十來分鐘，魏曉雨的車速慢了下來，經過部隊檢查站，魏曉雨的車根本就沒有停，只是慢了些速度，然後就有人趕緊打開檢查站的攔車杆，讓魏曉雨開車過去。

經過了四五個站口後，就進入了大片的建築區，森嚴而又極有規模，時不時有士兵和軍官經過，看見魏曉雨的車時，都是恭敬地行個軍禮。

周宣側頭瞧了瞧傅盈，傅盈只是冷著臉不出聲，臉上浮起一絲絲冷笑。

周宣伸了手將她的手握著，傅盈的表情這才緩和了些，對著周宣輕輕笑了笑。

魏曉雨的車終於在一棟兩層的小洋樓前停下了，這一排橫著有四棟一模一樣的樓房，魏曉雨停車的地方是第二棟，門口還有一個年輕的男士兵執勤。

魏曉雨打開車門下了車，那執勤的士兵給她敬了一個禮，隨即又迅速地把大門打開。

魏曉雨轉身瞧著剛下車的周宣和傅盈，冷冷道：「跟我進來。」

等三人都進了客廳後，那名士兵又將門拉攏。

客廳裏的擺設都是精簡實用型的，不像魏海洪那兒，是寬大舒適豪華型的，卻自然顯出一種威嚴的氣勢。當然，這種氣勢並不是房間自有的，而是住這棟房子的主人帶來的。

客廳裏沒有人，周宣和傅盈在客廳中間的沙發上坐下來，接著就聽到樓梯上有腳步聲。

魏曉雨似乎僅憑腳步聲便能知道是誰，頭也沒回地說道：「媽，人，我帶來了。」

周宣側頭瞧過去，從樓梯上下來的果然是魏曉晴的媽媽，那個跟她兩姐妹很像的中年婦女。

她似乎有些愁容，眼角還有些淚花，走下樓來後，她瞧著周宣，怔了半晌，才說道：

「小周，你好，我是江容，曉晴、曉雨的媽媽。」

雖然見過了幾次面，第一次是在老爺子住院的軍區病房，第二次是洪哥的別墅，但周宣始終沒有跟她正式認識說過話。

周宣伸出手跟江容握了一下手，嘴裏卻不知道說什麼好。

周宣雖然跟魏海洪有兄弟交情，但跟他大哥魏海峰一家可就沒有交情了。除了對魏曉晴較熟之外，其他人都不熟，現在要叫江容「嫂子」有些叫不出口，要叫「伯母」就更叫不出口，這樣似乎有套交情的嫌疑，猶豫了下，輕輕叫了聲：「阿姨！」

如果不是她眼角有些淡淡的魚尾紋，臉上多了些成熟的雍容，誰也想不到她會是兩個二十多歲女兒的媽媽，跟魏曉晴、魏曉雨站在一起，就像是姐妹，而不是母女！

江容愁容滿面地說道：「小周，你先坐下，我有話跟你說。」

周宣拉著傅盈一齊又坐下了。

江容詫異地瞧著傅盈，傅盈的美貌和出眾的氣質也讓她很驚訝，瞧這樣子，周宣定然與這個美麗的女孩子關係不一般，這時倒是覺得以前真是有些小瞧了周宣。

江容猶豫起來，皺著眉，有些為難，沉吟著。

傅盈知道她是瞧著自己在這裏，有些話不想讓她知道，當即站起身對周宣道：「我在外面等你，你跟阿姨聊吧！」雖然心裏極不痛快，但傅盈還是很有禮貌地先提了出來。

魏曉雨在一邊也走過來，瞧著傅盈，有一絲冷笑掛在臉上，說道：「傅小姐，知道你身手很了不得，也很自傲，我們私下裏談談，可以嗎？」

傅盈淡淡回答道：「當然可以，隨你怎麼談都行！」

周宣在猜測著江容的意思，可惜冰氣異能雖然能測出任何物質的年份和成分，卻是測不到人心和思想，也沒有注意到傅盈和魏曉雨的動靜，不管怎麼樣，他都不會懷疑魏家會把傅盈怎麼樣吧？大家無冤無仇的，何況自己也還算對他們魏家有大恩，雖然跟魏海峰不太熟絡，可跟魏海洪和老爺子交情匪淺，這他們也是知道的。魏海峰對老三魏海洪不怎麼重視，但老爺子的話，他也不敢不聽從吧？所以，周宣倒是沒想到會有什麼不好的事發生，但心裏總有點不踏實，一顆心總是落不了地。

傅盈和魏曉雨走出了客廳，出了大門，那勤衛兵又拉攏了門，隨即不見兩個女孩子的身影，客廳裏立即靜了下來。

好一陣子，江容才嘆了口氣，低沉地說道：「小周，我知道，你們可能一直以爲我們家只喜歡曉雨，而不喜歡曉晴吧？」

周宣確實聽魏曉晴說起過，那是在洪哥別墅的天臺上，跟魏曉晴看星星的時候，魏曉晴自個兒說的。

「曉雨是表現得比曉晴優秀，我們也可能是替曉雨做的事多了一點吧，曉晴就有些誤會了！」江容幽幽地說著：「其實手心手背都是肉，我們父母又怎麼會偏心呢？曉晴雖然表面上看起來無所謂，但我卻知道，這個小女兒心裏其實很好強，去年她倔著性子硬是遠走美國，我們父母不傷心嗎？說到底，我跟曉晴她爸最擔心的其實還是曉晴。曉雨打小優秀，更堅強，受得了打擊。曉晴就讓我們很擔心了，她到紐約後，她爸爸硬是一個多月沒睡好覺，

沒吃好飯，白頭髮多了一大半！你說，做父母的，有不擔心自己孩子的嗎？」

「阿姨，我問一下，是您還是曉雨小姐讓我過來？有什麼事嗎？」

面對周宣的問話，江容猶豫了一下，然後站起身說道：「我跟你說不清，有些事一下子也說不明白，你跟我去個地方吧！」

江容帶周宣去的地方不是客廳外，而是樓上。

周宣一邊跟著她上樓，一邊想著，到底是什麼事。

第六十九章

心病

「她得的是心病！」江容臉上全是愁容。

周宣瞧見她眼睛裏淚光閃動，淚水幾乎便要滴落下來。

江容盯著周宣的眼睛，一個字一個字地說道：

「曉晴昏迷的時候，嘴裏叫的都是你的名字！」

在二樓的一個房間門口，江容停了下來，伸手輕輕敲了敲門，柔聲道：「曉晴，媽進來了！」

果然是魏曉晴！難道又賭氣要走？或者是吵架了？但不管是哪種事，都輪不到叫自己這個外人來出面啊？

江容輕輕推開房門，房間裏的魏曉晴沒有應聲。

房間裏的裝飾跟外面的簡潔有些不一樣，很女性很女孩子氣，房中間的床上，魏曉晴正躺著，一頭黑髮遮住了臉面。

江容走到床面前，又低低喚了一聲：「曉晴！」

魏曉晴依舊沒有出聲，江容伸手輕輕捋開她臉面上的烏髮，現出面容來。

周宣一見到魏曉晴的樣子，頓時嚇了一跳！魏曉晴以前那豔麗絕俗的臉蛋，現在瘦了一大圈，臉色煞白，眼圈烏青，整個人就像只剩下一口氣了！

周宣呆了一陣，隨即想到，難道是曉晴得了什麼絕症？周宣想也不想，趕緊伸手握著魏曉晴的手，把冰氣運過去。

不過，奇怪的是，魏曉晴的身體裏面並沒有什麼有害的細胞分子，除了身體很虛弱以外，其他倒沒有什麼。簡單地說，就是沒有病。

周宣愣了一下才說道：「阿姨，奇怪了，曉晴的身體沒有病，怎麼會這樣？」

江容見周宣伸手握著魏曉晴的手便知道她沒有病，當即又想起周宣的醫術可是了得，老爺子那種病他不都給治好了嗎？

江容嘆了口氣，搖搖頭，說道：「曉晴當然有病！」

「哦……」周宣心道，難道是自己沒有見過的病種？凝凝神又問道：「曉晴是什麼病？」

「她得的是心病！」

江容臉上全是愁容。周宣瞧見她眼睛裏淚光閃動，淚水幾乎便要滴落下來。

誰說她不愛魏曉晴？哪個父母不疼自己的孩子！

「心病？」周宣也是皺皺眉頭，「難道是曉晴又要到美國，你們不讓她去？」

「都說心病還要心藥醫，所以我們才叫你過來！」江容沉吟著說了出來：「曉晴不是要到美國去，而是從洛陽回來後，一直不吃不喝地把自己關在房間裏。昨天又發高燒，醫院也不去，我們只能讓醫生到家裏來。昨天晚上一直是昏迷不醒，但嘴裏始終叫著一個人的名字！」

江容說著，盯著周宣的眼睛，一個字一個字地說道：「曉晴昏迷的時候，嘴裏叫的都是你的名字！」

周宣呆了呆，嘴裏想說什麼卻又什麼也說不出來。

江容撫著女兒的臉面，淚水終於忍不住滾落了出來，側身擦了一下，然後才回身過來說道：「小周，我希望，你能把我女兒的命救回來！」

周宣一時不知道說什麼好，說實話，曉晴這個女孩子，雖然出身豪門，脾氣也倔強又任性，但不失為一個讓人喜歡的女孩子，何況，她的容貌也是出類拔萃，說不喜歡，那是假的。但喜歡歸喜歡，就像漂亮的畫一樣，誰都愛看，但這種喜歡只是一種欣賞，而不是愛。

周宣早就暗暗發過誓，這一生一世，都不會背叛傅盈。說到底，像傅盈、魏曉晴這樣的女孩子，都是天之驕女，萬人寵愛的公主，能對他這般鍾情，周宣早收拾起了兒時跟張老大他們去獵豔的心態。如果再與別的女孩子有什麼別的瓜葛，周宣覺得就算是只想一下，那也是深深對不起傅盈的！

周宣想了想，把冰氣運起，努力將魏曉晴的生理機能激發起來，至少讓她身體不那麼虛弱，但這種方法也是治標不治本，要魏曉晴完全好起來，那還得讓她心裏開朗。

魏曉晴緩緩睜開眼來，瞧了瞧周宣和江容，臉上忽然掠起一縷豔紅，呼吸也急促起來。

周宣趕緊用冰氣將她的情緒調理正常，魏曉晴身體正虛弱，這樣激動很容易就昏迷過去。

江容見女兒睜開了眼，頓時喜極而泣，只是說著：

「曉晴，曉晴，你嚇死媽媽了！」

魏曉晴臉上有了些血色，呼吸也慢慢平息下來，輕輕掙扎了一下，然後道：

「媽……我……想跟周宣……說會兒話！」

江容點了點頭，又盯著周宣做了個安慰她的表情，然後才輕輕走出房間去。

周宣緩緩坐到床上，魏曉晴瞧著他有些發癡，一直是做夢都想見到他，但現在兩個人單獨在一塊兒了，卻又覺得什麼話也說不出來。

過一會兒，魏曉晴才顫顫地伸出手來抓著周宣的手，慢慢貼到自己的臉上。

魏曉晴剛退燒，臉蛋反而有點冰。

周宣嘆息了一聲，半晌才道：「曉晴，你快點好起來吧，你爸媽，你小叔，你爺爺，你姐姐都很擔心你！」

魏曉晴只是用臉觸著周宣的手，不說話，淚水卻是一顆一顆滴落下來。

周宣心裏很憐惜她，但卻知道，在這個時候，他不能心軟，因爲他心裏面只有傅盈一個人，再也容納不下第二個女孩子。在這個時候，他終於明白到，愛情原來是自私的！

傅盈爲了他可以捨棄一切，也可以爲了他付出一切，但卻絕不能容忍跟別的女人分享他。同樣的，周宣又怎麼能讓別的男人找上傅盈呢？就是想一想，也會覺得難受。

現在的他，沒有傅盈就會活不下去；沒有他，傅盈或許也會活不下去吧。

魏曉晴在他心目中，雖然憐惜，但絕不會爲了她而活不下去。因爲周宣很明白，自己不

愛她。

魏曉晴抽泣了一陣，然後鬆開了周宣的手，低聲問道：「傅盈呢？你們幾時結婚？」

周宣沉吟了一下，然後道：「盈盈跟我一起來的，就在你家客廳，結婚的事暫時還沒訂日子，不過也在準備了！」

「嗯，那好，你們結婚的日子訂下來，就跟我說一聲，到時候我來給你當伴娘！」

魏曉晴擦了擦淚水，聲音倒是淡然起來。

對於魏曉晴忽然的轉變，周宣怔了怔，隨即點頭道：「好啊，不過你得趕緊把身體養好，你媽媽和你姐姐實在太擔心你了！」

周宣以前見到魏曉雨的時候，只覺得她就像一座冰山一般，總有一種拒人千里的感覺，又冷又傲，但今天的魏曉雨卻跟平時不大一樣，有些激動有些反常。

周宣能感覺得到，這也許就是親情流露吧。就像自己的弟弟被人家欺負了一樣，都是無論如何也平靜不下來的事。所以，即使對魏曉雨多麼瞧不順眼，周宣也不會跟她計較的。

魏曉晴動了動身子，對周宣道：「你，扶我坐起來。」

周宣伸了手扶她，魏曉晴身子又軟又暖，身上的女人氣息盡鑽到他鼻中，他感覺得到，魏曉晴確實太虛弱了，弱不禁風！

周宣扶了她靠著床頭坐起來後，柔聲勸道：「曉晴，你還是多躺躺的好，你的身子太弱了！」

魏曉晴卻是倔倔地說：「我不躺了，躺了這麼久，動都快都動不了了，全身都是麻的，再躺，本來不死的也快死了！」

周宣心裏一跳，這話要是給她媽媽和家裏人聽到，還不又得心驚肉跳一陣！

不過說實在的，虛弱的身體稍稍適量的運動要比躺著肯定是要好，血液不流動，身體的機能也恢復不快，抵抗力也不強。

周宣不再多話，趁著扶魏曉晴的時候，盡力將冰氣運起，幫魏曉晴恢復起身體機能，這樣的話，比她自己慢慢恢復要快得多了。

魏曉晴有些奇怪，皺著眉頭說：「周宣，你的手好奇怪，像是冷冷的冰棍，我都感覺到冷了，但觸到我卻又讓我很舒服，嗯。」

讓魏曉晴一說，周宣馬上就收回了手。

這時也不需要他再運氣改善恢復了，魏曉晴這個時候再需要的，是營養！

周宣朝房間外叫了一聲：「阿姨！」

江容趕緊進了房間，就這麼一會兒，她再見女兒時，見女兒臉上已有了血色，眉眼間氣色也好得多了，倒真是驚嘆起來。

「媽，我餓了，好餓！」

「好好好，我馬上給你弄點粥！」

江容見女兒喊餓要吃東西，心裏如何不喜，趕緊下樓準備。

周宣輕輕拍了拍魏曉晴的肩，說道：「你多多休息一下，我過兩天再來看你！」

走到門邊時，周宣見魏曉晴仍然咬著唇盯著他，便微微一笑道：

「曉晴，要趕緊好起來。要當伴娘的話，你太瘦了，不漂亮，趕緊變回以前那個漂亮的曉晴吧！」

魏曉晴頓時咬著唇淡淡笑起來，周宣擺了擺手，轉身下樓去了，直到周宣的身影消失在門外邊時，魏曉晴的淚水才又猛然滑落出來！

愛一個人的感覺，原來是這麼心痛，這麼無助啊！

周宣到了客廳裏，江容到廚房裏給女兒煮粥去了，客廳裏只有魏曉雨和傅盈兩個人。

周宣正要跟魏曉雨說回去的事，卻見她一直整潔的軍服竟然有些皺亂，衣領和袖子也破了，頭髮也有些散亂，左眼有些烏青，就好像跟人打了一架似的。

周宣一怔，趕緊又瞧了瞧傅盈，傅盈的樣子也好不到哪去，束著的烏髮散了開來，臉上雖沒什麼傷，但嘴角隱隱有一絲血跡，左臂的衣袖也破了一條大口。

周宣怒火騰地一下就起來了！他脫下外套披在傅盈身上，衝著魏曉雨冷冷道：

「魏小姐，你什麼意思？你要怎麼樣儘管朝我來，別對著我的家人撒野。」

魏曉雨嘿嘿一聲冷笑：「你的家人？她是你什麼家人？嘿嘿，我對著你，你受得了麼？」

周宣心裏狠狠罵著，魏曉雨也是個漂亮的女孩子，對他怎麼樣他無所謂，但周宣就是不能忍受她對傅盈動手，這是絕對不能容忍的！

「她是我什麼人？她是我女朋友，現在是我未婚妻，過幾天就是我老婆，我的老婆我當然要管。魏曉雨，我警告你，別把我惹火了！」周宣這一下子迸發出來的火氣，把魏曉雨和傅盈都弄愣住了！

她們哪裡見過一直和善的周宣竟然會發這麼大的火？不過，傅盈倒是一下子明白過來，周宣發火當然是爲了她！

魏曉雨愣了一下，隨即冷笑道：「喲，還衝冠一怒爲紅顏了是不？不錯，我是想管教管教她！還有你，我最瞧不起的就是負心薄情的男人！你對我妹妹做過什麼了？敢做不敢當，就憑這，我就不給你好看！現在把話說清楚了也好，你說，你對我妹妹怎麼負責？」

魏曉雨說著又冷笑道：「如果我妹妹有什麼三長兩短，我保證，你就算到天涯海角，我都會把你搜出來，讓你求生不能，求死不得！」

周宣的怒氣真是無法抑止，這魏曉雨也太蠻橫了，難道官大權大就可以這樣不講理？

「說清楚就說清楚，你妹妹曉晴，我從來沒有對不起她過，也從沒有對她怎麼樣過，我姓周的，雖然算不上大英雄大丈夫，但所做的事所說的話，是一步一個腳印。我對她做過什麼你不知道嗎?你說，我還對她做過什麼?」

魏曉雨瞧著怒不可遏的周宣，嘿嘿冷笑著：「敢作不敢當啊，我妹妹這兩天高燒說昏話的時候，全是喊你的名字，這還用我明說嗎?」

此時，傅盈把周宣拉了一下，自己擋在了他身前，對魏曉雨道：「要動手，衝著我來!」

正鬧得一塌糊塗不可開交的時候，樓梯上傳來魏曉晴又氣又急的聲音：「你們幹什麼?是不是要我馬上去死啊?」

三個人都抬頭往上一瞧，魏曉晴正扶著樓梯扶手，顫巍巍站在樓梯上盯著他們，胸口一起一伏直喘氣。

魏曉雨終於住了嘴，難得地走上前扶住她，輕聲道：「你怎麼下來了?快回去躺下!」

魏曉晴很倔地說道：「我到客廳裏坐會兒!」

等到她們姐妹倆到客廳中，魏曉晴坐到沙發上時，周宣的一腔怒氣也消失得無影無蹤，轉身拉了傅盈的手說：「盈盈，我們回去吧。」

魏曉雨雖然有氣，但還是吩咐了門口的勤務兵，開她的車送周宣他們回去。

周宣也沒有拒絕，事實上，沒有魏曉雨的人送，他們也出不去，因爲這是在軍區裏面。

只是，出了軍區後，周宣便硬是下了車，讓那勤務兵自己回去，然後再攔了計程車。

在計程車上，周宣拉過傅盈的手，仔細瞧著她臉上身上，問道：

「盈盈，你有沒有受傷？人家是當兵的，從小天天練這個，你幹嘛要跟她打架！」

傅盈淡淡笑道：「沒事，我是沒得到好處，可她也一樣！」停了又道：「不過，這個魏曉雨可真不一般，身手很是了得，她這樣一個嬌滴滴的模樣，居然也能練出這麼狠的身手來！」

周宣當然不理會魏曉雨有多麼厲害，他只關心傅盈，哼了哼道：

「盈盈，下次不准你再跟她兩個打架，這女人，我瞧她多不順眼就有多不順眼！」

「不是打架！」傅盈笑了笑道，「她知道我練過功夫，所以才會找上我，別看她一副挺兇的模樣，但事實上我明白，她不會找個普通人就動手的。你也別擔心，就算是打，我也不會輸她！」

周宣氣呼呼地把她的手一甩，道：「你怎麼就這麼不聽話呢？你要再這樣，我叫我媽天天把你關在家裏，大門也不讓你出一步。三從四德，你懂不？」

傅盈臉上全是笑意，柔聲道：「好，你說怎樣就怎樣，我什麼都聽你的。」

前面的司機有些看不過去了，雖然沒回頭，但嘴裏卻是嘀咕著道：「先生，現在這個世道可不同以往了，我家那個黃臉婆就把我管得死死的，你的女朋友跟仙女一樣，怎麼能不知足呢，要是我，我就供起來。」

周宣跟傅盈聽見司機這話，倆人忍不住相視一笑，傅盈伸手攏了攏散開的頭髮，側過頭瞧著車窗外，臉上儘是可人的笑意。

回到家裏，金秀梅正焦急地等著他們，一看到就趕緊追問：「是什麼事啊?兒子，沒惹什麼事吧？」

「沒事沒事，只是去跟曉晴聊了會兒天，然後就回來了！」傅盈趕緊回答著，隨即又把話頭扯開：「媽媽，我們下午去小瑩上課的地方，等她上完課然後一起逛商店吧？」

聽著傅盈甜甜叫著「媽媽」，金秀梅笑得嘴都合不攏，笑呵呵直是點頭。

周宣下午一個人去了趟周張古玩店，張老大出去辦事沒回來，周濤跟周蒼松父子正跟老吳聊著天，曾強和陳叔華兩個夥計看著店面，沒有正式營業，也還沒什麼客人。

老吳這兩天也收了兩三件幾百塊錢的小玩件，擺在櫃檯中。周宣用冰氣探測過，是真貨，曾強又說了老吳收購的價錢，與周宣估計的還要低幾分，看來老吳還真是把好手。

在裏間，周濤泡著茶，這是到北京後跟曾強學的功夫茶，手法雖然不到家，但也有板有眼的。

看到周宣來後，周濤叫了一聲：「哥，你來了？」

周宣點點頭，老吳對周宣是很有好感的，一點也不覺得這個青年有老闆架子，性格也極爲隨和，笑笑給周宣報告了這兩天的事。在電視臺和晚報上都買了廣告，只等張老大簽字了。

老吳對周宣那夜明珠的來歷十分感興趣，只是無論他怎麼問，周宣就只是回答說是在洛陽的坑洞裏無意間撿到的。

張老大一個小時後才回店裏，臉上全是汗水，看來很累，一見到周宣，才又是笑呵呵地說：「弟娃，你來了？解石的地方聯繫好了，大石廠那邊最少要一千五百塊，因爲一塊石頭，他們一般不接這麼小的活兒，要麼就是成批的，我們要是十塊，石廠能便宜點，所以我也沒有馬上確定下來，說明天給他們回信。」

「老大，還想什麼，直接確定就是了，石頭什麼時候到？」

周宣擺擺手說著，以那塊翡翠的價值來講，一千五百塊算什麼，就算一百五十萬那也只是它的零頭。

張老大扳著指頭算了一下時間：「按照貨運公司最快的速度，明天下午就會到了吧，要什麼時候拉到石廠去解石？」

「只要一到，你就給我電話，我馬上過來！」

周宣這時的心思倒是全部都放到了那塊石頭上面，在家沒什麼事的時候，就只想找點什麼來做了。

不過，周宣這時候又想起方志誠兄弟兩個來，這兩個傢伙此刻正在經受這一生中最痛苦的時候吧！想到這兒，在魏曉雨那兒受的悶氣倒是消散了不少。

張老大還跟老吳念著：「吳老啊，現在要找幾件好東西可真是難了，揚州一趟也算是白跑了，啥都沒弄到，弟娃倒是買了一塊壓狗欄的石頭回來。」

「什麼石頭？」老吳有些奇怪地問著。

張老大隨意地說著：「還不是弟娃硬是說那塊石頭裏可能有翡翠，花了一千多塊大老遠弄回來，唉。」

張老大說著，又瞧著老吳道：「咱們那顆夜明珠雖然能頂半邊天，但畢竟單薄了些，大生意歸大生意，但小生意小客戶那也得照顧著啊。人氣是靠小客戶的，咱們店裏還是空蕩蕩的，這個張怕是短期開不了啊！」

周宣皺著眉頭，這個問題確實也是，一個店不能僅靠想著做大生意，大生意跟珍寶一樣，那也是極少的，小生意小客戶才是根本，這店裏空空的，沒貨做什麼生意啊？

古玩店的貨一般都是長時間積累，古玩這東西可不是想要就有的，而且現在遍地是假貨，現在的古玩店裏貨最多最普遍的就是翡翠，當然，最好的老坑種地的翡翠難尋，但質地差的遍地都是了，加加工再出售的價錢可是能翻幾倍甚至幾十倍。

明天那塊玻璃地的極品翡翠切出來，也是跟那顆夜明珠一樣，是鎮大場面的，但做普通生意普通客戶的貨物依舊空缺。

不過，一想到那塊石頭時，周宣馬上想到，自己何不去賭一批毛料回來？用冰氣一掃，探測一下，那是無往而不勝啊，不會賭垮，不用擔心，穩賺不賠的事，爲什麼不幹？何必一定要挖空心思在假貨堆裡弄古玩呢？

周宣一想到這兒，頓時呵呵笑起來，說道：「老大，我有主意了，我們再抽空跑一趟雲南或者緬甸，採購一批翡翠毛料回來，那咱們不就有了大批的翡翠原料了嗎？」

周宣說得興奮起來，又道：「咱們還可以專職請幾位雕刻師傅成立自己的工藝廠，只要貨源能保證，品質能保證，咱們以後面對的就不僅僅是這間古玩店的客人，而是整個北京的珠寶商們，也許是全國的，甚至是全世界的！」

周宣意猶未盡道：「當然，咱們最先得保證的是玉石原料的供應，我們這次到雲南或者緬甸，一是採購毛料，二是借機打開這條管道，把咱們自己的貨源定下來，以後就能長期供應了！」

周宣說了半天，然後問張老大和老吳：「老大、吳老，你們覺得怎麼樣？」

張老大和老吳都呆了半晌，張老大還沒有說什麼，老吳倒是說道：

「小周，這事如果做得成，當然是好事，而且是大好事，不過有個最大的難點。」

周宣怔了怔，問道：「什麼難點？錢的話，不是問題。」

「不是錢的問題。」老吳擺擺手道，「錢，我知道對你來說不是問題，關係也不是問題，但賭石吧，這個我倒是瞭解，根據我的瞭解，賭石可以說是最凶險的賭博了，現在還沒有任何一種儀器能準確測出石頭裏的翡翠，你去賭石，又怎麼每次都能賭漲呢？」

周宣抓了抓頭髮，一時不知道如何來解釋，或者他也可以不解釋，因爲他是最大的股東，他想怎麼做就可以怎麼做，但這樣就不是周宣的性格了。

在一個店，那就像是一家子，店員也就像家人一樣，對店員也要像家人一樣尊重，你才能得到他們的尊重。

周宣想了想，馬上有了計策，對張老大神秘道：

「老大，其實你不知道，我這幾年學得最多的就是對翡翠毛料的研究，雖然沒有百分百的把握，但也有七八成的把握，我現在這樣說，你們肯定是半信半疑的，等明天那塊石頭到了，咱們去解石廠解了石，你們就會知道我的厲害了，呵呵！」

周宣本不是這種炫耀的性格，但現在若不在張老大和老吳面前故意炫耀一下，那就不好解釋了。

等明天那塊石頭一解開，就會徹底震翻張老大、老吳他們，也會讓他們相信，自己是真的學到了很特殊的識別毛料的技術，後面的事就好辦多了。

店裏的事就讓張老大和老吳處理，自己就可以處理原料的事，有冰氣在身，賭石那只是小菜一碟。

雲南和緬甸都是遍山遍地的原石毛料，賭石的成千上萬，又不用擔心洩露秘密，又能讓自己有用武之地，而且不像店裏那麼多煩事雜事，自己一兩個月跑一次，一次進一大批回來，自己挑的毛料可都是有貨的，一次至少可以供應很大量的需求。

張老大和老吳當然都是半信半疑的，不過張老大要好一些，沒有別的，他是對周宣的運氣特別信任。

又談了一陣廣告的事，就只等周宣簽字了。

店裏後面的那間房改建了一下，做了一間臥室，周濤反正是一個單身漢，就在店裏住下了，有個人留守也安全一些。雖然按規定，店裏是不允許住人的，但別家店也都有這種情況，畢竟這些古玩店都有一些值錢的物品，上面的監察單位也是睜隻眼閉隻眼的。

張老大當然高興，守店的人得是放心的，周濤就不用說了，自家人，又有自己的股份，又是周宣的親弟弟，人又樸實肯幹，沒得說。

那塊托運的石頭是第二天下午三點鐘到的，張老大一收到貨，馬上就給周宣打了電話。

周宣當即趕到古玩店來，傅盈和老娘吃過早餐後就興沖沖出去了，買這買那的。金秀梅特別高興，兒媳婦實在是太好了，又漂亮又溫柔，最關鍵的還很懂事，事事都順著她的意思去做，也不知道兒子是修了什麼福，才求到這麼好一個媳婦回來。

在店裏，兩個店員幫忙把包裝早打開了，張老大和老吳都在瞧著，老吳的經驗可不是普通的行家可比，但他瞧了半天，也沒瞧出什麼特別之處。

這塊石頭沒有任何顯示有翡翠的跡象，顏色灰白，沒有條紋，一星半點的綠也沒有，按照行家的話來說，這就是一塊廢石。

老吳沉吟著。雖然賭石的驚奇之處就是在於瞧中的沒有，不看好的卻偏偏有，但不管怎麼說，真正賭起來的，還是有綠的毛料最後賭漲的可能性大些，這是事實。

但現在這塊石頭，說實在的，老吳半點兒也不看好，除了有些狗騷味外，他瞧不出任何能跟翡翠扯得上的特點。

張老大又叫了一輛貨車過來，曾強和陳叔華以及周濤三個小夥子把它抬上車。走的時候，周宣把老吳也叫上一起去，店裏有周濤和他老爸還有兩個夥計，也不會有什麼事。

張老大聯繫的解石廠在郊區，要過朝陽，離張老大買的房子倒是不太遠，十來分鐘的車程。

這家解石廠其實是市裡一家連鎖珠寶店自己的解石廠，老闆姓許。他一兩個月也去緬甸採購一批毛料回來自己解石加工，前幾年倒是有幾次賭漲了一批，但接下來這兩年越賭越不行，珠寶行的生意本不算差，卻都扔了大半資金在賭石上面。

這讓珠寶店有些舉步維艱，原本是北京本土很有前途的珠寶企業，在北京一度擴張到四十六間分店的規模，但卻因爲賭石而讓資金緊縮，幾欲倒閉，現在差不多是在苦苦支撐。

解石廠這幾個月基本上就空了下來，工人和技師有幾個月的工資還沒拿到。也沒有毛料再過來，只偶爾接一下別的單子，但都是杯水車薪。

工人也基本都走光了，就只剩下一個老技師陳師傅和他的徒弟陳二毛守在這兒，徒弟也是他的親侄子。

張老大這生意便是侄子陳二毛接的，原本是想賺點外快，沒想到張老大後來同意了，倒是很高興，一千五就是他現在的工資啊，公司都有三個半月沒發一分錢了，正窩著火呢。

第七十章

慧眼識奇石

陳師傅使勁揉了揉眼，隨即張大了嘴合不攏來！

這第二刀解下來，那塊他跟陳師傅都認為是廢石的毛料，

卻在切口面現出一汪綠得誘人的深綠來。

這個色澤，這個水頭，幾乎可以肯定地說，百分百出翡翠了！

張老大的車過來後，進了解石廠的大門。廠裏地方倒是不窄，至少有兩三千平方，只是現在到處是空著的，長期沒打掃，顯得破破爛爛的。

由於給的價錢還不錯，工程又不大，就一塊石頭，陳二毛很熱情很積極地上前幫忙，張老大和周宣一起，三個人把這塊石頭抬到解石車間裏，把石頭放到解石機上後才喘起氣來。

石頭只有百來斤，並不太重，但就這樣空手並不好抬，三人也並不輕鬆。

陳師傅五十多歲了，滿臉的絡腮鬍鬚讓他看起來很粗獷，但卻並不顯老，很有精神。

把石頭擺正後，陳師傅又叫陳二毛把燈打開，對著強光仔細瞧了一陣，然後搖了搖頭，轉頭對著張老大說道：

「這就是你們賭下來的石頭？我怕是九成九扔水裏了，賭這塊石花了多少錢？」

張老大臉一紅，石頭的差，他也不是不知道，一切都是周宣自己做主搞的嘛，陳師傅問起來，他隨即答道：「陳師傅，我們也就玩玩而已，這石頭也沒花什麼錢，千把塊，不算錢！」

陳師傅點點頭，沒花什麼本錢也就算了，只是爲這麼塊廢石還大張旗鼓地跟來這麼多人，怕是不值得吧。

這裏面五個人，就陳師傅和老吳最懂，其中尤其是老吳，是專家中的專家，連他都不看好的東西，恐怕結果也是如預料之中的。

陳師傅看了看石頭，擺了一個位置。周宣看得明白，陳師傅雖然不看好這塊石頭，但切石的線路還是依照他的老經驗來的。

第一刀切右邊兩分，如果有翡翠的話，這一刀只切皮，應該是傷不到裏面的玉，現綠的話，就擦石，如果不現綠，那就再稍薄一點，再切，直到出綠爲止，這種是最安全的解石方法。

周宣早明白這塊石裏的翡翠在左側六分處，右側十二分處，這樣切的話會很耗時，而且出綠了，擦石的活兒就更是極費工夫的細活兒，可不是一分半刻的事了。

周宣瞧了瞧幾個人，都是一副等著陳師傅幾刀把石頭切廢了完事的表情，笑了笑，拿起台邊的黑水筆，沿著石頭的上下左右畫了四條線，說道：

「陳師傅，爲了不太費事，就這幾刀切了完事，省得麻煩陳師傅了！」

陳師傅倒是覺得周宣這個人還算爽快，笑笑說：「年輕人，做事倒是挺直爽，也罷，瞧你畫的線，從右邊切的話，基本上是把石頭廢了，即使有玉，那也容易切壞，還是從左邊三分處切吧，比較合理。」

陳師傅是想著，既然拿了他們一千五百塊錢，隨便敷衍的話也說不過去，就按著比較合理的切法給他把石頭從左解到右邊，石頭寬約三十七八分，四十分不到，從左切到右，三分一刀，只要不出綠，基本上大概十刀就解決問題了，因爲到後面剩七八分，不用解也明白。

陳師傅把石頭重新擺了一下，把解刀切口對準左邊三分處的那條畫線口。開了電閘開關，解石機嗚的一聲，砂輪轉動起來。

陳師傅把解刀輪慢慢壓下去，小金剛砂輪片一接觸到石頭，聲音頓時刺耳起來，火星四射，陳師傅的手很有勁，按著機器的手柄都不顫動一下，這個過程不超過兩分鐘，這第一刀便切下了底。

關了開關後，聲音一靜，老吳、張老大、陳二毛和陳師傅都把眼光齊刷刷投到石頭的切口上。

陳師傅把切下來的三分薄片瞧了瞧，灰白一片，沾了些許石屑，啥都沒有，更別說綠了，隨即扔到一邊。

切口處跟這三分切下來的薄石片一樣，新切口的石頭灰白。但比外表層就乾淨順眼多了，但綠影兒也沒有一絲。

陳師傅微微搖了搖頭，當然，結果也早在他的預料之中，邊上的老吳更是沒有半分驚訝和希望，這就是一塊廢石。

陳師傅也沒有再問周宣，把解刀口對準六分處的畫線上，按了開關，又切下了第二刀。

「沙沙沙」的刺耳聲音過後，陳師傅關了電源開關，然後又扒開切碎掉的石片，想指給周宣、張老大看一下，再切第三刀估計也就了事了。

只是這一扒拉，眾人卻是一怔，陳師傅使勁揉了揉眼，隨即張大了嘴合不攏來！

看到陳師傅張嘴震驚的樣子，老吳也怔了怔，趕緊又湊過頭去，只是這一瞧，老吳也是驚得呆住了，幾乎有些不相信自己的眼睛！

這第二刀解下來，那塊他跟陳師傅都認爲是廢石的毛料，卻在切口面現出一汪綠得誘人的深綠來，水汪汪的，似乎要滴出水來！

這個色澤，這個水頭，幾乎可以肯定地說，百分百出翡翠了！

而且這一刀雖然是隨便定的，畫了線的三分一刀三分一刀的，但這第二刀下來，卻是準確到了極處，如果這一刀稍稍薄一點，那就不會現綠，如果再下一刀的話，就會切壞翡翠了，即使這一刀稍厚半分，那也剛好切到翡翠了，這是運氣還是碰巧？

不管是碰運氣還是碰巧，老吳和陳師傅都沒有想到，這塊廢石裏能出現如此誘人的綠，就憑現在的這一汪綠，這塊石頭的價值就已經超過千萬，聰明的人，都會選在這個時候直接出手，純賺千萬。

而以一千多塊的成本來換這上千萬的價值，確切地說，這就是賭漲了，一夜暴富了。

老吳和陳師傅可以說是無意中見證了這個賭石中的神奇傳說，但是，周宣似乎沒有半分激動。

張老大對賭石不是太懂，但從老吳和陳師傅的表情來看，他也知道出翡翠了，看他們激動的樣子，這個翡翠的品質可能也不會差了。

陳師傅是操作的人，這時候手都有些顫抖了，解了多年的石頭毛料，看到這麼好的綠還是第一次！

雖然還不知道接下來最終會出現什麼樣的翡翠，但就憑切出來的這個綠，就能讓所有人激動了，因爲這就是實實在在的錢，可以變換成千萬的金錢！

陳師傅這時候有些遲疑了，側頭問著周宣：

「現在還要解嗎？」

以他的經驗來說，一般能切出這樣的綠來說，賭石的人都不會再繼續下去了，就這樣子出手，穩穩當當賺一千萬是最好。再擦下去，誰也不能肯定百分之百就能擦出價值過千萬的翡翠來，既發了一大筆財，又把風險轉嫁到別人頭上，這是大多數賭石玩家的做法。

只是這裏不是賭石的場所。

周宣笑笑道：「再從右邊切吧，把翡翠解出來，最後擦的話比較方便，也省時。」

陳師傅詫道：「雖然費時，但從現在這個切口面擦石的話，是最安全的做法。」

周宣擺擺手，淡淡道：「就按我畫的線，切吧！」

幾個人當中，只有張老大對這個不懂，也沒見過，雖然也不相信周宣能有多深的技術，但現在的事實是，他們所有人認為的廢石，卻切出了翡翠來，而且從頭到尾認定這塊石頭中有翡翠的，也只有周宣一人。

從揚州淩莊那兒找守衛弄這塊石頭時，張老大一直是親眼見著的，就當是周宣好玩，反正也沒花什麼錢，心裏也確實沒當回事。

但現在瞧老吳和陳師傅慎重的表情，張老大就知道，弟娃這回又發了！

陳師傅咧了咧嘴，想說什麼，卻最終又閉了嘴，按周宣畫的線來切，那無疑是危險之極，右邊畫的這兩條線是五分一條，切面太深，如果這樣切的話，完全不能保證玉石的完整性！

但老闆是主人，要怎麼樣切，他說了算。

按陳師傅的技術來說，從右邊切也不是不行，但切面不能這樣深，最好是兩分左右，一刀一刀慢慢切，淺淺地切，直到切出綠來為止。然後再用擦石的手法，慢慢把整塊翡翠擦出來，耗時雖多，但最安全。

陳師傅把石頭右面移動到解刀口上，對準了五分處的第一條畫線，又扭頭瞧了瞧周宣，見周宣依舊微笑著不語，也就咬牙按下開關，把飛速轉動的金剛砂輪按下去。

老吳也有些心驚地瞧著，這一刀下去，陳師傅自己也很緊張，比他自己的石頭還緊張，切完後趕緊關了電源，然後扒開切開的石屑碎片，再仔細瞧了瞧切面口。

這一面是灰白無綠，沒有翡翠的蹤影。周宣直接示意切第二刀。

若說第一刀是有些擔心的話，這第二刀，陳師傅就是害怕了。

第二刀就是切到石頭面叫一分處了。這已經進入到石頭的深處。明知道有翡翠還這樣切，除非是瘋子，或者是錢太多了嫌燙手，否則誰會這樣！

老吳也有些制止的意思，伸了伸手，只是還沒說話，周宣便道：

「陳師傅，直接切第二條線吧。賭石嘛，玩的就是一個賭字！」

陳師傅有些無語！你這還叫賭石嗎？你這叫毀石吧！嘆了嘆，只得又開了開關，往下切這第二刀。

解石機輪片切出一片片的火星。刺耳的聲音一結束，陳師傅立即關了電源，待輪子停止轉動後，這才把碎石片移開。

這時關心的不僅僅是陳師傅了，連老吳和張老大都把眼睛瞪得大大的，盯著切口處。

陳師傅把石片弄清後，又用手在切口處抹了一下，然後再瞧向切口處。

又一汪深水綠展現在眾人眼前！

而且綠的面積更大，比左邊巴掌大的面積還多了三分之一！

「賭漲了，賭漲了，徹底漲了！」陳師傅喃喃念著。

這塊石頭的價值已經從一千萬變成兩千萬以上，甚至更高了，畢竟，成色好的翡翠原石會因爲體積的大小而增加價值。

老吳也是驚訝不已，這時候倒真是對這個小老闆周宣刮目相看了！

這塊爛石頭在他眼裏，早就被斷定爲是沒有價值的廢石了，但周宣獨具慧眼地收回來，而且偏偏又解出成色這麼好的綠來，有翡翠已經是十分確定的事了，只等擦出完整的翡翠了。

陳師傅這時候對周宣的冷靜和精準判斷，簡直是佩服得五體投地！自己多年的經驗居然比這個年輕人的判斷差得那麼遠，雖然不敢相信，但卻是事實擺在眼前，不得不信。

這才是最高深的賭石玩家啊，簡直到了神的地步！

其實，周宣主要是爲了省時，並不是要在他們面前炫耀。不過對老吳來這一下子，還是有些用意的，像老吳這樣的好手，他只有用更高更強的技術才能真正把他收服，自己的底子遠不如他，只有憑著冰氣異能才能贏過。

再接下來的活兒，就不用周宣吩咐了，切出這麼好的綠來，再往後就只能用擦了。

陳師傅換了工具，用小一些的細砂輪開始慢慢擦磨，這個工程就很耗時費時了，不過其他人也不覺得悶，就算不是自己的，這值大價錢的財寶也同樣能刺激人的眼球。

陳師傅的侄子陳二毛更是瞪大了眼睛，盯著陳師傅幹活兒，本來只是想掙個一千來塊錢，誰知道卻真切出了解石廠自開張以來從未見到過的最好的翡翠！

陳師傅緊張又細緻地擦磨翡翠，慢慢去除掉黏連著的石片，這不知不覺中花了四個小時，慢慢的，在他手中，那塊翡翠就完整地露出真身來。

整塊翡翠有一隻大碗的大小，整體顯現出水滴一般的綠意，綠得宜人！

老吳這個時候才從牙縫裏迸了幾個字出來：「這是……祖母綠！」

在老吳叫出「祖母綠」的時候，陳師傅也是怔了一下！

陳師傅對翡翠是很熟悉的，但對祖母綠就不熟悉了，幾乎沒有見過。不過，祖母綠的來歷他還是知道的，這種寶石在中國只有新疆有極少產量，在其他地方幾乎沒有，哥倫比亞、南非、辛巴威、巴西和烏拉爾等地也有少量祖母綠出產。

這塊石頭是有些奇怪，擦出來後，綠得很豔麗，但綠的地方卻不是整體，而是像一棵珊瑚樹一樣，枝枝節節地從石頭中鑽出來的，所以陳師傅才怔住了！

老吳的見識可就多得多了，一開始他也以爲是翡翠，但後來陳師傅擦掉外面的一層後，露出來的綠卻不是翡翠那一種，形狀也不一樣，並不是整體全都是，而是綠石夾在外層的石塊中間。

老吳當即明白，這塊石頭中藏的並不是翡翠，而是祖母綠，而且是質地極優的祖母綠，那綠如蔥心，如嫩芽。但奇怪的是，周宣這石頭不是在揚州弄回來的嗎？南方又怎麼會有祖母綠的礦石？

張老大也不明白，因為他沒見過祖母綠，倒是周宣自己也愣住了。上次在淩莊用冰氣探測的時候，只是見到了誘人的綠，卻沒想到會是祖母綠，而不是翡翠。周宣對祖母綠同樣很陌生。

老吳想了想才問道：「小周，這石頭真是你從揚州買回來的？」

「是啊，就是在揚州，從一個做翡翠毛料生意的商人那兒弄來的，不過不是在玉石毛料裏撿出來的，而是一塊壓狗欄的石頭。我見那石頭有些像有玉的樣子，就順便弄了回來，卻不曾想到那會是祖母綠！」

周宣儘量拼湊著說得過去的話，當然，還好他這次有個證人張老大在一起，還算說得清。

老吳沉吟了起來，不解地道：「這就真的很奇怪了，在國內幾乎是沒有祖母綠的礦石，只有新疆有極少量的產量，而且近十多年來也不曾聽說出現過了，這塊石頭是在揚州出現的，那倒真是怪了。呵呵，不過不管怎麼樣，我只能說，周宣，你這運氣，可真沒得說了！」

「是啊！」一說到運氣，張老大立即便接上了口：「我這兄弟啊，運氣之好，已經無法形容了，壞事到他手上全變成好事，好事也就更好了，沒見過的寶物他都能碰到，這運氣，簡直比彩票中大獎的還厲害！」

一說到彩票，張老大倒又想到一件事，猛地拍了一下大腿，叫道：

「哎呀，弟娃，我就說忘了一件什麼事，現在想起來了，你運氣這麼好，咱們得去買彩票！」

周宣哈哈一笑，這傢伙真是活寶！

請續看《淘寶黃金手》卷五　稀世翡翠

淘寶黃金手 卷四 古墓奇珍

作者：羅曉
出版者：風雲時代出版股份有限公司
出版所：風雲時代出版股份有限公司
地址：105台北市民生東路五段178號7樓之3
風雲書網：http://www.eastbooks.com.tw
官方部落格：http://eastbooks.pixnet.net/blog
Facebook：http://www.facebook.com/h7560949
信箱：h7560949@ms15.hinet.net
郵撥帳號：12043291
服務專線：(02)27560949
傳真專線：(02)27653799
執行主編：朱墨菲
美術編輯：許惠芳

法律顧問：永然法律事務所 李永然律師
北辰著作權事務所 蕭雄淋律師

版權授權：蔡雷平
初版日期：2013年3月
初版二刷：2013年3月20日
ISBN：978-986-146-952-2

總經銷：成信文化事業股份有限公司
地　址：新北市新店區中正路四維巷二弄2號4樓
電　話：(02)2219-2080

行政院新聞局局版台業字第3595號 營利事業統一編號22759935
©2013 by Storm & Stress Publishing Co.Printed in Taiwan
◎ 如有缺頁或裝訂錯誤，請退回本社更換

定價：280元　特價：199元
版權所有　翻印必究

國家圖書館出版品預行編目資料

淘寶黃金手 ／ 羅曉著. -- 初版-- 臺北市：風雲時代，
2012.12 -- 冊；公分

ISBN 978-986-146-952-2（第4冊；平裝）

857.7　　101024088